JN268650

志村有弘

のたれ死にでもよいではないか

新典社新書 4

目次

口上

人生色々、ここに登場する人たちは、みんなそれぞれ個性豊かな人たちばかりです。時には、〈奇人では……〉と思われることもあるでしょうが、当の本人は自分に何の疑問も持たず、それなりに前向きに生きていたのです。

大泉黒石は、友人の母親から将来の志望を聞かれ、「志望なんぞあるものかね。俺は死ぬまで志望も目的もないんだよ」と応えておりました。政治家の公約とは大違い、黒石は死ぬまで人生に対して志望も目的も持たず、公約を見事に果たし通したのです。

肺結核で早世した森清秋は「大切な母をどこへ連れていった」と嘆きながら、「たった一つ玉のような物が残れば……」と、自分を錬磨し続けておりました。

酒ばかり飲んでくらって放浪に放浪を重ね、あげくの果てにころり往生を遂げた俳人種田山頭火。

長崎銅座町の殿様といわれ、銅座町が祭り当番になったときは一人で費用を出していた永見徳太郎。人のよさが裏目に出たか、あるいは見栄の張り過ぎか、最後はスッテンテンになって投身自殺をしてしまいました。

ひどい貧乏生活の末に餓死同然のかたちで凍死した、〈変な芸術至上主義者〉藤澤清造。晩年にたった一度書いたウソ小説で、みんなを騙《だま》してしまった松原敏夫。

読者の皆様。黒石の無目的な人生を否定しないで下さい。清秋の哀切極まりない人生に涙して下さい。清造のようにどっしりと腹を据えて生きられるところまで生きていって下さい。人生なんて挫折の連続、徳太郎のように大金持ちでも無一文になることがあるのです。どうか、松原敏夫晩年の最後の道化に怒らないで下さい。

人生は双六ではありません。決して上がりはないのです。のたれ死にをしても、ころり往生をしても、それはそれで一つの立派な人生なのです。

志望なんぞあるものかね　大泉黒石

奇妙な名前

もうずいぶんと昔のことである。毎週出かけてゆく古書即売展で、大泉黒石《おおいずみこくせき》の小説『老子』・『老子とその子』がいつも売れ残っていた。時代や書店が出品していたもので、墨太の文字で「老子　百円」「老子とその子　百円」と書かれていた。

初めのうちは〈大泉黒石？　変な名前だ〉程度の印象であった。その本はいつもいつも売れ残っていた。そのうち私は、売れ残っている二冊の本に根負けしたのか、あるいは即売展が開かれるごとに必ず目にする「老子　百円」「老子とその子　百円」に、ある種の鬱陶《うっとう》しさを感じていたのか、

大泉黒石の『老子』

中学時代の大泉黒石

それを振り払う気持ちで購入してしまった。そのとき、〈これで、大泉黒石という奇妙な名前から解放される〉という、晴れ晴れとした気持ちになったことを今でもはっきりと記憶している。昭和四十四、五年ころのことである。

そのあと、私は自分でも理解しがたい不思議な行動を開始した。国会図書館で黒石の本を読み、黒石の遺児や黒石を知る人たちから、黒石の生きざまを聞き出すようになっていた。遺児の滉《あきら》（俳優）からは、苦境時代の思い出として、黒石と二人で農家の畑に野菜を盗みに行ったことを聞いたりもした。

「人が見回りに来たときの合図は、ホーホー、ほうたる（蛍）来い、でした。畑に蛍なんぞいるわけないんですけどね」

と言って、滉は笑った。

昭和四十五、六年のころは、黒石の作品を読む人などほとんどいなかったものであろう。それが「老子　百円」という値段になったのであろうが、大正時代、『老子』は関東大震災を挟んで増刷に増刷を重ねた、当時のベストセラーであった。

長崎に生まれる

大泉黒石（本名、清）は、明治二十六年十月二十一日、長崎市八幡町で生まれた。父はアレキサンドレ・ワホウイッチという名前で、ロシアの農家の出であった。後に領事館の領事を務めた人物である。母は本川ケイ（恵子、明治十一年生まれ。十六歳で死去）といい、黒石が生まれてわずか一週間後にこの世を去った。だから、黒石には兄弟がいない。大泉家は黒石の祖母の姓で、仙台から出て九州に派生した家柄である。黒石の父はロシアの皇太子に随従して長崎に立ち寄ったとき、ある官吏の世話で黒石の母となる本川ケイを「貰った」（大泉黒石『俺の自叙伝』）のだという。

このあたりのことは、「放浪の半生」（文章倶楽部、大正十一年二月）で黒石の父が「政治的用務を帯びて」長崎へ来たとき、母は「町から選ばれた接待役の婦人側に入れられ」て父と知り合い、その翌月に天津に出かけたのだと記している。そのころ、黒石の父はロシア領事の任にあった。

こうして、黒石はこの世に生を享けたわけだが、したがって黒石はロシア人と日本人との血を引く混血児ということになる。黒石は『俺の自叙伝』の中で「俺を生むと一週間目に死んだからまるで顔を知らない」母と、ロシアにそのまま帰ってしまった父という状況の中で、盲目の祖母の手で育てられることになる。

『俺の自叙伝』によると、明治二十八年、黒石が三歳のときに「化け物のやうな奴が突然やって来た」という。父親のワホウイッチである。事実であるかどうかは判然としないけれど、黒石は「親爺は不人情な奴で到頭二度と長崎へ来ないでしまった」と述べている。

上京

両親がいなかったものの、黒石は長崎の桜の馬場小学校・鎮西学園を経て京都の三高に入学する。これも真偽のほどはさだかではないが、京都では南禅寺に住み、苦学生活を送ったという。

俺は学校へ行かないで、毎日死人とお寺の番をしてゐるやうな気がする。（中略）俺は小さい時から困り通しに困って来た。

（『俺の自叙伝』）

食うや食わずの生活をしているうちに、黒石は京都で幼馴染みの美代と邂逅した。長崎にいたころ、ふたりは共に遊んだ仲であった。こうしてふたりは結婚するのだが、美代の親類縁者は、〈異人〉黒石との結婚に反対して離婚策を講じだした。その結果、ふたりは結婚して駆け落ちをするという奇妙な行動に出なければならなかった。ふたりが上京したのは、大正六年六月一日、黒石が二十六歳のことである。

上京してからの黒石は、職工・牛の屠殺《とさつ》などさまざまな職業を転々とし、「食ふに困って、小遣銭に困って、家賃に困って、酒代に困って」原稿売りを考えついた。黒石は、「生ける屍《しかばね》」の評論を春陽堂の雑誌「新小説」に持ち込んだ。持ち込んだといっても、

大泉黒石の妻となる福原ミヨ

これから書くから買って欲しいと話を持ち込んだのである。当然、交渉は不成立に終わった。次には「早稲田文学」へ出向いたが、中村星湖《なかむらせいこ》にも断られてしまった。

黒石がある本屋に小説を売りにいったとき、そこで二人の客と会った。一人の男は狆《ちん》のやうな顔をしてゐた。これが生方《うぶかた》敏郎さんで、今一人の方は布袋《ほてい》様のやうだつたが、これが田中貢太郎居士だつた。その時貢太郎居士が俺の小説を見て旨《うま》い旨いとつづけ様に赤い舌をべろべろと二度出した。それから俺を中央公論の親方へ引っ張って行ってこ奴は物になるから、何か書かせろと言ふと、親方が俺の話を聞いて、そんなら自叙伝を書いて見ろと云つたから、直ぐ書いたのが、ざつと此通りである。

と記している。こうして、黒石の「私の自叙伝」（後に「俺の自叙伝」と改題）が「中央公論」大正八年九月号に掲載された。その「自叙伝」にはトルストイやアルフォンス・ドオデェと会ったということを書いた。それが「朝日新聞」大正八年九月十日号に記事となった。しかし、黒石がフランスにいたころ、ドオデェはすでにこの世を去っていることが判明した。「中央公論」編集部の高野敬録《たかのけいろく》が「トルストイの話も怪しい」と言うと、編集長の滝田樗陰《たきたちょいん》は少し興醒めした顔をしながらも「しかしあれは面白いことは確かに面白いよ。黒石は一種の奇才だネ」と語ったという（『木佐木日記』）。

虚々実々にせよ、「中央公論」に掲載された「私の自叙伝」は、作家大泉黒石の名前を世間に知らしめることになった。そして、「自叙伝」の後編ともいうべき「日本へ来てからの俺」は木佐木勝に「面白すぎてすこし頼りがない」（『木佐木日記』）と述べさせたほどで、こうして、滝田樗陰にすっかり見込まれた黒石は、「中央公論」大正九年二月号の創作欄に小説が掲載されることになった。

「中央公論」には創作欄と説苑欄とがあり、大泉黒石の作品はそれまで説苑欄に掲載されていた。創作欄は芥川龍之介などどちらかというと純文学系統の作家が作品を掲載していた。樗陰はよほど黒石の作品が気に入ったのか、二月号に室生犀星の他に黒石の作品を掲載することにした。このことを聞いた木佐木はただちに『日記』に、

大泉黒石が、創作欄に登場するのは初耳で意外だったが、「俺の自叙伝」以来とうと

うこの人も作家として認められるようになったのか。それにしてもなんだかこの人の作品が小説と銘打って「中央公論」に載るのは場ちがいな感じがして、心もとない気がする。

と記す。この「場ちがいな感じ」というところに、黒石に対する木佐木の心情をうかがうことができるようである。うさん臭い目で見ているのである。

志望なんぞあるものかね

黒石が『俺の自叙伝』の中で、少年時代に友だちのポールの母親から将来の志望を問われ、

「志望なんぞあるものかね小母さん。俺は死ぬまで志望も目的もないんだよ」

と答えたことを記している。そのあと言葉を続けて「ポールの小母さんは呆《あき》れてゐたが、今もつて俺に志望も目的もない處を見ると、其時は確かにさうだつたに違ひない」と記している。この虚無思想は黒石の全生涯を貫き通した哲学であった。この哲学は黒石固有の

島尾敏雄

ものではなく、息子の涜にも受け継がれているように思う。換言すれば、大泉家には多分にこのような遺伝子が流れているように思う。

私はしだいに黒石に関心を持ち、やがて黒石に関するエッセイを九州の文化誌に発表した。そのとき、島尾敏雄が雑誌社気付で読後感を書いて送ってくれた。島尾は、黒石に長いこと関心を抱き続け、引っ越しを何度かしたが、どんなときでも、決して黒石の本を手放すことがなかったという。島尾は随筆「長崎のロシヤ人」で黒石に「とりわけ気持がよせられた」と述べ、随筆「名著発掘」で黒石の『魯西亜文学史』を取り上げ、日記『日の移ろい』では、久しぶりに黒石の「心癌《がん》狂」と「女が男になる話」の二編を読み、「私は彼からなにを読み取ろうとするつもりだろう」と記している。島尾の心の中には、ロシア人の血を引く〈大泉黒石〉が深く根を下ろしていた。

島尾が茅ヶ崎に住んでいたころ、黒石次男の灝《けん》に連れられ、稲村ガ崎に住んでいた黒石五女の淵《えん》のところへ遊びにいったことがあった。七月の暑いときであった。島尾は黒石の遺児と会いたがっていたのである。それも今は懐かしい思い出となっている。

ともあれ、島尾がこうも黒石に惹きつけられたのは、〈ロシア人との混血〉ということもあったろうが、「志望なんぞあるものかね」とうそぶく虚無的な姿勢にあったのではないかと思う。

島尾自体も虚無的というのではないが、寡黙で、自分の今していることが本当に正しいのかどうか分からず、苦しまぎれにそれを行っているような傾向があった。

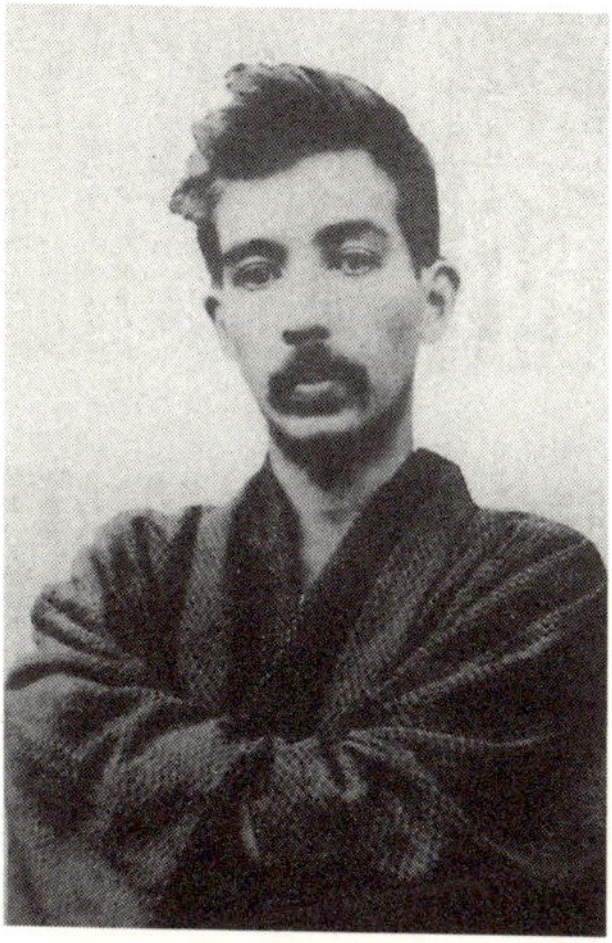

大泉黒石

人気作家

　大正時代から昭和初期にかけて、黒石の活躍は目をみはるものがある。饒舌《じょうぜつ》で、早いテンポの文体、風刺のきいたユーモアは、多くの読者を惹《ひ》きつけた。大正十一年に刊行された『老子』は、関東大震災をはさんで八十版を重ねるにいたった。間違いなく、黒石は、大正文壇のスターであった。文壇のスターという表現が悪ければ、多くの読者から支持される人気作家であった。

大泉黒石の出世作
『俺の自叙伝』

　黒石は、『俺の自叙伝』を大正八年十二月に玄文社から上梓した。この本の扉に「この小説を書いて予は有名になった」という、いかにも黒石らしい文章が掲載されている。以後、

　『恋を賭くる女』（南北社、大正九年）
　『闇を行く人』（教文社、大正十年）

『どん底』（東亞堂、大正十年）
『老子』（新光社、大正十一年）
『老子とその子』（春秋社、大正十一年）
『魯西亞文學史』（大鐙閣、大正十一年）
『血と霊』（春秋社、大正十二年）
『大宇宙の黙示』（新光社、大正十三年）
『黄夫人の手』（春秋社、大正十三年）
『人生見物』（紅玉堂、大正十三年）
『黒石怪奇物語集』（新作社、大正十四年）
『豫言』（雄文堂、大正十五年）
『人間開業』（毎夕社出版部、大正十五年）
『人間廃業』（文録社、大正十五年）
『眼を捜して歩く男』（第一出版社、昭和三年）

『大泉黒石集―當世浮世大學』（小學館・集英社内　現代ユーモア全集刊行会、昭和四年）
『燈を消すな』（大阪屋號書店、昭和四年）
『峡谷を探ぐる』（二松堂、昭和四年）
『讀心術』（萬里閣書房、昭和五年）
『峡谷温泉』（二松堂、昭和五年）
『天女の幻』（盛陽堂、昭和六年）
『峡谷行脚』（興文書院、昭和八年）
『老子とその子』（春秋文庫第二部25、昭和十二年）
『山の人生』（大新社、昭和十七年）
『おらんださん』（大新社、昭和十八年）
『草の味』（大新社、昭和十八年）

と、比較的短期間のうちに相当量の単行本を刊行している。
しかも、黒石は、自伝・怪奇・中国物・ロシア物・長崎物……とたえず目先を、言い換えれば作風を変えながら創作活動を行っていた。

作家として最も充実していた時期の大正十一年二月号の「文章倶楽部」で、黒石は「放浪の半生―文壇数奇伝―その一―」と題して、

趣味、嗜好―絵を書く事、酒をのむこと、煙草をのむこと

交友―「ひとりぼっち」（心の）「たくさん」（酒の）

と記している。この記述から黒石の孤独で、寂しい日々をうかがうことができる。

最も充実していたころの大正十一年三月、黒石は長崎を訪れた。長崎の歌人島内八郎が「長崎新聞」（昭和四十五年二月）に、

三月大泉黒石が来て図書館で講演した。ががたる鼻柱の下からロシアなまりの巻き舌で繰り出すので、「エスペラントのごたる」と評した人がいた。

と記している。黒石の風貌が彷彿《ほうふつ》とするではないか。

大正十二年、福岡の古賀光二が雑誌「駄々」を刊行した。「駄々」とはダダイストのことである。そして同年二月、古賀が企画してダダ講演会が福岡で開かれることになった。

大泉黒石とその家族

講演者として高橋新吉《たかはししんきち》・辻潤《つじじゅん》・大泉黒石の三人が出ることになっていた。だが、新吉は来ず、黒石は家族と共に長崎へ行く途中で、福岡には寄らずそのまま長崎に直行してしまった。このあたりのことは辻の『駄々羅行脚』に詳しく、ここには黒石が大山白石という名前で登場する。

辻は講演会を一人で終えたあと、黒石のあとを追って長崎へ向かった。『駄々羅行脚』に「銅座のN氏のところへ引ッ張られて行く」という記述があるが、この「N氏」とは芥川らと親しく交流した永見徳太郎のことである。

黒石は昭和十年代、あるいはそれ以前から紀行文を除いてしだいに書かなくなった。正直にいえば書けなくなったのである。むろん、文壇も混血児作家の黒石には、薄い幕を張っていた。

困窮生活

やがて黒石の放浪が始まり、貧乏生活も底をついた。

話が前後するが、黒石一家が下落合に住んでいたころ、隣に作家の林芙美子がいた。林が下落合に転居してきたのは昭和七年夏のことである。当時の林は人気作家であった。一方、黒石は文壇生活から外《はず》れ出していた。夕方になると、林の家から夕御飯を作る音が聞こえてくる。ところが黒石の家には食糧がない。美代は子どもたちに「御飯のまねごとをしましょう」と言って、みんなで茶碗を叩いたりしてカチャカチャ音を立てたという。外目には笑い話であるが、子どもたちにとってはやりきれないことであったろう。

大泉灝（黒石の次男）

黒石は、紀行文を書くこととも関連があるのだろうが、放浪を繰り返し、家を空けることが多くなった。黒石は四男五女と、子どもには恵まれていた。そうではあるが、たまに帰ってきても、子どもたちは、酒乱の黒石に近寄らない。それでも子どもは可愛い。親子の断絶をどうしてよいか分からない。夜中、眠っている娘たちの顔に墨でヒゲを書いていったという逸話も、黒石の精一杯の愛情表現であったろうか。

黒石は家に帰ってすぐに食事が出ないと癇癪《かんしゃく》を起こした。黒石の場合、単なる御飯ではなくお膳であった。それが素早く目の前に出てこないと、腹を立ててひっくり返す。そのような黒石から母を守るために、子どもたちは何度引っ越しを試みたことか。だが、不思議なことに、いつのまにか引っ越し先を突き止めて姿を現した。

第二次世界大戦中は阿佐ヶ谷に住んでいた。そこで菊池某という女性と知り合った。ここで三年間暮らし、そのあと横須賀に移り住む。作家の福田清人《ふくだきよと》から聞いた話では、黒石は戦後、横須賀の基地で通訳をしていたというが、英語は堪能《たんのう》で寝言も英語で言うほどであった。横須賀時代は作家活動はまったく行わず、日本人女性と外国人兵士との恋文をやりとりする仲立ちをしていた。

詩人辻淳は、大泉滉から聞いた話として、戦争中、海軍が田浦の山中に埋めた重油のドラム函《かん》を戦後に掘り出してきて、物置に濾過《ろか》装置を作って、「キヨスキー特性ウィスキー」と称して日夜飲んでいたため、酒精中毒にかかり、「無為の空間に飛翔していった」（図書新聞、昭和四十五年一月三十一日）と記している。横須賀時代に外国人とのつきあいからウィスキーを飲み続け、そうしたところから、酒精中毒が原因で死亡したという伝説が出来上がったのであろうか。横須賀時代以前の話であるが、戦争中は酒の不足から、薬物を薄めて飲むこともあったようで、黒石四男の湧《よう》はときおり買いに行かされたという。

黒石一家には家庭的雰囲気はまるでなかった。子どもたちは家の中で大声を出すことも禁じられていた。湧は父の黒石と共に食事をしたことはなかった。長い歳月が流れ、母・妹と共に暮らしていたのだが、晩年の黒石を引き取った。湧は老い衰えた黒石を見兼ねて、母を説得して迎え入れたのである。そうして初めて黒石と食事を共にしたという。

黒石は人間嫌いであった。人が訪ねてきても、会わずに出ていってしまう。家には神棚も仏壇もなかった。神仏の話をすることもなかった。しかし、黒石には奇妙な信仰心があった。朝起きて家を出るとき、かならず合掌して柏手《かしわで》を打ってから外出した。着流しの下駄履《ば》きといういでたちで、原稿料が入っていたときは常に新しい足袋に買い換えていた。だが、しだいに窮した状態になるにつれ、当然、足袋を買うことができなくなった。指の部分が破れた足袋を履《は》いている。それで指の爪の部分を墨汁で黒く塗る。みだしなみというか、黒石一流のお洒落であった。

湧のもとに来た黒石は、机に向かって読書はしていたが創作活動はしなかった。辞書を暗記するほど読んでいた。あるとき、湧は黒石に創作することを勧めた。活字にはならなかったが、「百円紙幣」や「Visas for America」などの原稿を書いた。

「百円紙幣」はアイゼンベルグの「明りを掲げる者」の翻案で、双葉日曜学校の生徒がアフリカの教会に送る資金を得るため、雑誌「東の光」を一年間百円の購読料で売ることになり、めいめいが勧誘に行き、「私」は一日歩いてようやく一冊の予約を取ることができたという内容である。

「Visas for America」は作品の梗概を記したもので、一九四〇年に独軍が仏国へ侵攻して行こうとする時代を背景としている。両作品とも『俺の自叙伝』を想起させるものがあるが、かつての黒石作品に見られた登場人物の生き生きとした行動は、影をひそめていた。湧にいわせると、このころの黒石には「疲れ」が見えていたといい、そうしたことが作品に反映したものであろうか。

遺児たちに流れる黒石の血

長男の淳《きよし》は極めて真面目で温和な責任感の強い紳士であった。次男の灝も温和で酒を愛した優しい人であった。灝は晩年の一時期新鷹会《しんようかい》に所属して、「大衆文芸」誌にいくつかの短編を発表した。いつであったか、島尾敏雄が「面白いですね、面白いですね」と灝の作品を激賞しながら電話を掛けてきたのを記憶する。淳と灝は顔立ちがよく似た兄弟であった。デザイナーを仕事としていた湧は、「日本列島　火の用心」と書いた年賀葉書を送ってくれた。「謹賀新年」とか「明けましておめでとう」とかいうのではなく、年賀状に「日本列島　火の用心」と書く発想は、黒石の血に似ているように思う。

そういえば、初めて雑誌に掲載されていた黒石の写真を見たとき、俳優の大泉滉に似ていると思った。そのうち何枚かの黒石の写真を見るにつけ、滉の父親であることを確信するようになった。兄弟の仲はよく、みんなきちんとした、優しい、底抜けにいい人たちであった。

ところで、黒石は、第二次世界大戦中に『草の味』という本を出している。食べられる植物を説明した本である。こうしたところは、野菜造りの名人であった滉に受け継がれたのではないかと思う。

少し滉に視点を置くと、滉は「自由学校」で杉村春子の相手役を演じてから、喜劇俳優としての道を歩むことになった。「トンデモハップン」という流行語も生み出した。しかし、「あれが失敗だったのよね」と、「自由学校」に出演したのち、喜劇俳優のレッテルを貼《は》られたことが不満であるらしかった。ある時は、「自分は左ききだから、時代劇には出演できない」ともらしたことがある。刀を左に差すことができないのだ。これは、役者としての悩みであった。

私は滉と何度か酒席を共にしたことがあった。他のお客が滉をジロジロと見だす。するとすかさず、滉は「ボク新人、ヨロシクネ」と挨拶をした。滉には、当意即妙、その場の雰囲気を見事に演出する力があった。

大泉滉（大泉黒石の三男）

ある日、たまたまカメラを持っていたことから、私は滉の顔写真を撮った。すると、薄い茶色の眼鏡をはずし、「もう一枚、撮り直してくれ」という。これも、役者としての姿であった。

滉にとって、写真撮影は、眼鏡をかけていてはいけなかったのである。大泉滉という俳優は、画面に出ただけで、笑いを誘うところがあった。哀しいユーモアがあった。それだけ個性豊かな、存在感のある役者であった。俳優大泉滉は、私たちに笑いと夢を与え、妻の道子やまわりの人たちに感謝の言葉を述べながら、平成九年四月二十三日、静かに他界した。享年七十三。涅の言動は、父親譲りであったのか、酒が入るとどこまでが演技で、どこからが真実であるのか判断しにくいところがあった。しかし、普段はまことに生真面目な人であった。

飄々と去る

先年、翁久允《おきなきゅういん》が作品を書けなくなったころの黒石について、「欲しているものは、ただ酒だけであった。飲むと飄々《ひょうひょう》として去って行った」と書いてくれたことがあった。「飲むと飄々として去って行った」という言葉に、黒石の筆舌に尽くしがたい孤独の姿を見る。

大泉黒石は、昭和三十二年十月二十六日、脳溢血のために六十五年の生涯を閉じた。まさに生きたいように生きて、この世を「飄々と」去っていったわけである。黒石が生涯においで追い求めたものはいったい何であったのか。黒石の声が聞こえた。

「志望なんぞあるものかね、俺は死ぬまで志望も目的もないんだよ」

大切な母をどこへ連れていった

森清秋

長崎の丘

私が森清秋《もりきよあき》の名前を知ったのは、たまたま神田の古書即売展で購入した数冊の「長崎文学」によってであった。「長崎文学」は、芥川龍之介の弟子であった蒲原《かもはら》春夫が主宰していた雑誌で、被爆した永井隆もこの雑誌で小説家の地歩を築いた、なかなか由緒のある雑誌である。

森清秋

手に入れた雑誌の何冊かの表紙には「編輯用」と朱書きされたものがあったから、あるいはかつて蒲原自身が所蔵していたものであったろうか。そして、なにげなく雑誌を見ていて、森清秋の詩が目に入ってきた。「ひびき」と題する仏教的色彩を帯びた詩であったのだが、それが私の心に強く印象づけられた。その詩が心に残ったのは、私が仏教文学に関心を持っていたということもあったろう。

文学との出会いは、偶然の場合が多い。森との出会いも、たまたま見た雑誌によってであった。私は、生まれた場所が北海道ということもあって、九州の文学と風土になぜか憧憬みたいなものを抱いていた。それと、やはりそのころ（昭和四十年代後半）、芥川龍之介を軸として、芥川と関わりのあった人々を調査したりもしていた。そのころの私といえば、廉価本の古本を漁ることが趣味であった。

芥川の周辺には、永見徳太郎《ながみとくたろう》・蒲原春夫・渡辺庫輔《わたなべくらすけ》・明石敏夫《あかしとしお》といった長崎出身の人たちがいた。「長崎文学」は、芥川周辺の作家である蒲原春夫が主宰者であることもあって、多分に私の興味を満足させてくれるものがあった。

むろん、蒲原が「長崎文学」を発刊するのは、芥川が他界してのちのことである。ところで、森清秋は、「長崎文学」に書いている蒲原の追悼文によれば、比較的若くしてこの世を去ったらしい。だが、森については、「長崎文学」で見た数編の詩以外に、なにひとつ知ることはできなかった。そして、「森清秋とはどのような生涯を送った詩人であろうか」と気にはなりながら、何年かの歳月が流れてしまった。

その後、森の師的存在であった詩人の平亨爾《たいらきょうじ》から遺族の所在を教えてもらい、森の

『日記』などを見る機会を得た。
森清秋は、大正二年八月五日、長崎市銅座町に生まれた。父と母は森が幼いときに別れたので、森は「自分は自分を生んだ父親を知らない。どんな人物であったかどんなものの考え方をした男か、何も知らない」と『日記』の中で述べている。母とともに過ごした幼年時代がどのようなものであったのか、それもさだかではない。それでも、残されたいくつかの詩から、おぼろげながら、その幼年時代が推測できるようである。

ごはんを喰べるまえには
ほとけさまのところへ行つて挨拶をした
ほとけさまは
すすけたきんの塗りのところに立つてぼんやりとわたしを見下してゐられた
くろい麦のごはんが
やはりほとけさまにも供へてあつてほとけさまは
貧乏なさびしい顔をしてゐられた

わたしの半生のなかには
いつもそのほとけさまの暗いおすがたが
ぼんやりと
しかし消えないで灼きついてゐた

わたしは
手に桃の実のやうなものを持つてゐた
遊びに行く丘は墓地で
いつも夕陽に赤く染まつてゐた
わたしは
その丘から遠く人生を眺め
その桃の実のやうなものを落すまいとして
小さな手を

（生立、「長崎文学」、昭和二一年五月）

しつかりと握りしめてゐた
わたしは
いつのまにやら大人になつた
それでも夕陽に赤く染まつた長崎の丘丘を眺めると
はつとして
その桃の実のやうなものを想ひ出す
（生立、「長崎文学」、昭和二一年五月）

森の少年時代の一端が、まるで大正期の幻灯を見るような感じでうかがうことができる。「桃の実のやうなもの」を「落すまい」として必死に生きていたのである。「桃の実」とは、なにものにも代えがたい人生の真実とでもいうべきものであろうか。

大正九年四月一日　佐古尋常高等小学校入学。
大正十五年三月二十日　同校卒業。四月一日、同校高等科入学。
昭和二年四月一日　仁田尋常高等小学校高等科第二学年へ転校。
昭和三年三月二十日　同校第二学年卒業。四月一日、十八銀行本店に就職。長崎市立商業学校夜間部へ入学。

森の少年期を年譜風に記してみた。

作詩へ

十八歳のときから作詩を始めた。昭和五年、熊本正《くまもとただし》の詩誌「西端詩戦」に参加した。「西端詩戦」は昭和五年に一ケ年で終わったが、本格的に詩作活動を開始したのは、熊本正との二人による詩誌「婆羅」（昭和六年十二月創刊）によってである。同誌の第一輯に「犬」「山」「河」と題する三篇の詩を発表したが、その詩は、この年に母が他界したこともあってか、いずれも暗い、虚無的な内容のものである。ともあれ、「婆羅」は、熊本と森との「二人だけの道場」（熊本正「森清秋を語る」）として出発したもので、詩作だけでなく、森自身の文学論を形成して行く上で大きな意義があったようだ。

森は、「婆羅」第八輯（昭和八年四月）掲載の「貘」で「詩は人間であり、その表現だとも云へる」といい、「あゆみ」（昭和七年六月）掲載の「社会と詩人」では、「大衆に媚るやうな事は芸術として許されない。(中略) 自己を曲げて、云ひかへれば存在を無視してまで社会の為の詩作をやるのであつたら、それはすでに詩でなくなる。単なる広告であり、社会運動的ビラ文句に過ぎない。詩人には詩人としての判然とした社会意識があり、社会人としての立派な立場と認識がある」と記している。二十歳の青年詩人が書いた詩論である。若いがゆえの興奮や気負いを感じないでもないが、若き詩人の燃えたぎる情熱と自覚を訴えた一文である。

『鳥のゐる礩』

昭和七年、森は、熊本正との合同詩集『鳥のゐる礩』(婆羅社) を上梓した。これは、熊本の詩三十一篇より成る「砂畠」と、森の詩二十九篇より成る「鳥のゐる礩」から構成されている。

この詩集の冒頭には、「阿呆はいつも彼以外の人人を悉く阿呆と考えてゐる」という芥川龍之介の『侏儒の言葉』の一文が置かれ、「婆羅」第二輯に発表した、

いづこよりながれきたるか
かはかは
みたされざるなり

という詩「かは」が冒頭の詩として置かれている。森は、この詩集で純真さ・虚無感・心の苛立《いらだ》ちを歌う。

森は、作品中によく「山道」・「坂道」・「山」という言葉を使う。「幾曲りもうねった路」（山道）・「けはしかつた道」（坂）などという表現は、長崎という地形からの連想もあるのだろうが、そこには、けわしい人生の〈坂道〉の意味がこめられているようである。当時、熊本は、『鳥のゐる磧』の中の詩人森清秋について「も早一ト角の城を構え」（森清秋を語る）という感想を述べていた。

『鳥のゐる磧』は、長崎を母胎とする二人の青年詩人の合同詩集として興味深く、また、詩人森清秋の出発点としても注目すべきものである。

森は、故郷長崎を歌い続けた。彼は、十八銀行釜山支店へ五年間行っていた以外、ほとんど長崎を離れることはなかった。「生立」（「朱幃」、昭和十六年八月）・「少年」（「朱幃」、昭和十七年八月）の背景は長崎であったし、『鳥のゐる碩』収録「高台」の、

高台にのぼれば海がみえる
そこらに映へた草の上には
こころない春かぜがすぎる

というのも、長崎を詠んだものであろう。

母を思う

森の詩を見ると、彼にとって母・祖母の存在が大きな比重を占めていたことに気づく。昭和六年、その母が他界した。「婆羅」第四輯（昭和七年四月）には、「母」と題する詩が掲載されている。

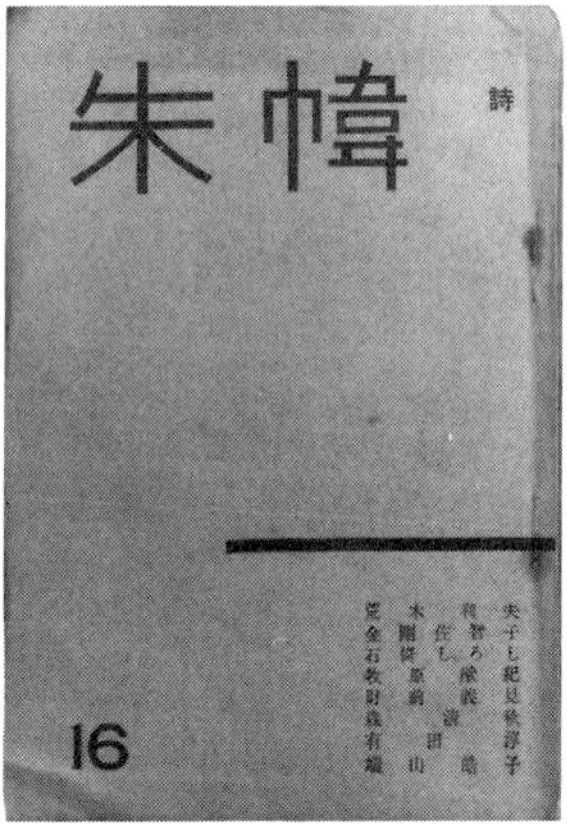

森の詩が掲載された詩誌「朱幃」

あなたのひとみがしろくかわいて
まどのむかうの玻璃いろのそらがあなたにうつる
○
あなたはなにももつてはゐない
六十年もの風雨にさらはれてしまつたのだ
○
あなたにはもうあなたがゐない
長いあいだ着ふるされた
よごれた羽をりがかけてある
○
あなたはふしくれたゆがんだ松の木か
つまらぬながめの陽のいろがとほるのだ

森は母を亡くして「心の冷えを痛切に感じ」、「しばらくはどうにもならない無感情に日日苦しんだ」（「婆羅」第五輯後記）という。詩集『鳥のゐる碩』は、〈母〉が大きな比重を占めている。右に記した四篇が、それぞれ独立した形で一つ一つに「母」と題されて収録され、「土」という詩では「大切な母をどこへ連れて行ったんだらう」と、その限りない悲しみを綴っていた。

森の『日記』昭和十九年三月十五日の項には、「小箪笥のひとつを今し開けけるに亡き母をふと嗅ぎ出でにけり」という歌が記されており、自分自身の肺患が悪化して行ったとき、「病床詩篇」という一連の詩で、次のような詩を作っている。

母

いのるかみさまがをられないので
かなしいとき
母をおもふ
しぜんがたとへ
ぼうだいな無キ質のかたまりであつても

母のおもひは
愛にみちるから
（「長崎文学」、昭和二十一年年十一月）

平易な表現の中に、詩人の透徹した心境が悲しいまでに美しく表わされている。

詩人として

森は、「西端詩戦」（昭和三年三月創刊）・「婆羅」（昭和六年十二月創刊）・「あゆみ」・「長崎文学」（「あゆみ」改題）・「日本詩」・「羅蔓」（昭和十年三月創刊）・「詩道」・「朱幃」・「岸壁」（昭和十七年創刊）等に作品を発表した。「西端詩戦」・「婆羅」・「あゆみ」・「長崎文学」は長崎を母胎とする雑誌であるが、「羅蔓」（伊福部吉隆編輯・発行）は生田《いくた》長江《ちょうこう》・山之口《やまのぐち》貘《ばく》・川路《かわじ》柳紅《りゅうこう》・佐藤《さとう》一英《いちえい》らの詩が中心で、「朱幃」（京都・荒木利夫編輯・発行）は荒木の他に金剛《こんごう》サチ・麻生《あそう》久《ひさし》らが常連であったが、上村《かみむら》肇《はじめ》・熊本正など長崎詩人の寄稿もあったことも看過してはならない。

鹿児島の高木秀吉主宰の「詩道」（昭和十一年刊）には、上村肇・冨松《とみまつ》良夫《よしお》など九州の優れた詩人と共に、森もまた同人として名を連ねている。森の文学活動を概観したとき、昭和八、九、十年ころが最も活発な行動をしていたようである。

森は、幼いときに父と生別し、十九歳のときに母を亡くした。そうしたこととも関連があるのだろうか、詩「かぶり」（「朱幃」、昭和十六年一月）や「茜」（「朱幃」、昭和十六年四月）を見ると、森の虚無感・孤独感がひしひしと伝わってくる。「かぶり」では、

何故かう裏と表があるのでせう
かぶりをつよくふつてゐると
悲しい思ひが子供のやうにしやくれてきます
仏さまのやうに
ひとりぼつちで濡れて居ります

と言い、「茜」では、

むかうの
あの茜さすあわあわしたところ

ちらちら燃えて
こころが焦れてぼんやりなつて
美しい鬼がたくさんおいでおいでをしてゐるところ
あゝわたしはもうこの極楽には飽きあきした
むかうで
三千世界をよそにみて
つみとがごつこをやらうではないか
ばけものばかりが集まつて
泣いたり喚いたり気のすむまでたんのうして
鬼の女をからかつて
さうだあの茜いろの中に紛れ込んでしまをうではないか
ではさやうなら仏さま
地獄は

一定わたしたちのすみかださうでございますから

と、『歎異抄』を踏まえた詩を綴っていた。一見剽軽《ひょうきん》な印象を受けるものの、背後には詩人の深い虚無状態がうかがえる。父母との別れ、孤独癖、生の悲哀……そうしたものが、彼を意識的無神論者に作り上げて行く。

前掲の「母」では、「いのる神さまがをられないので／かなしいとき／母をおもふ」と述べ、「ひかり」(「長崎文学」、昭和二十一年十一月)では、「かみさまも／ほとけさまも／おいでにならない」と吐露《とろ》するのである。無論、森は天性不信の人ではない。むしろ、人一倍、信仰心の強い人物であったろう。それが、肉親との薄い縁、苛酷な現実等々を見たとき、「かみさまも／ほとけさまも／おいでにならない」と思わずつぶやかざるを得なかったものであろう。

森の作風に対して、批判がなかったわけではない。柳田音吉(本名重枝《しげえだ》武雄。別の筆名は岸川武雄)は、森に暖かい気持ちを示しながら、「きみのやぼくさい、『概念』の羽は、古物屋に売りとばせ」(吉岡定義と森清秋と、「長崎文学」、昭和九年八月)と評している。これも森に対する一つの評価であろう。

おばあさんは杖をついて
わたしは鼻をたれて
お寺まゐりをした

さいせん箱の格子のなかに
一銭いれると
後生にひびくたしかな音が
ちやりんときこえた

おばあさんはまもなく
杖もつかないで
極楽にゆかれた

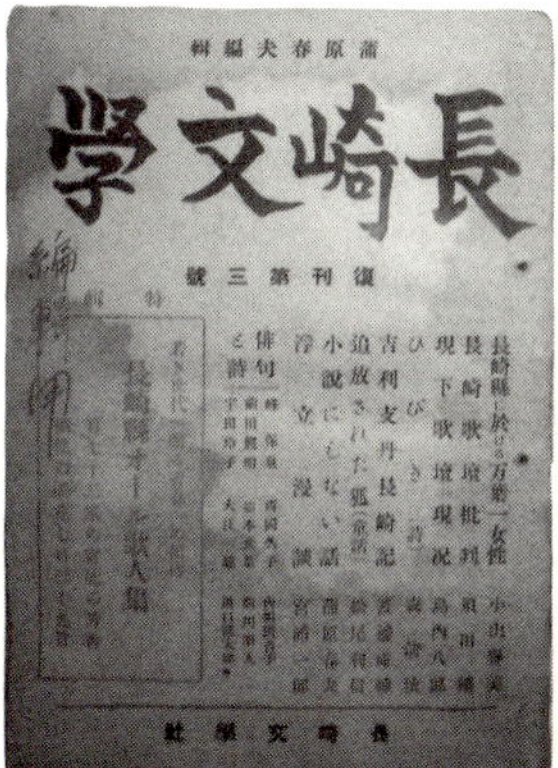
蒲原春夫編輯
長崎文學
復刊第三號
長崎縣に於ける万葉第一女性
長崎歌壇批判
現下歌壇現況
ひびき（詩）
吉利支丹長崎記
追放された狐（童話）
小説にもない話
浮立漫談
俳句
と詩
長崎文學社

森の詩「ひびき」掲載の「長崎文学」

由来三十年
ちやりんといふ
厘銭のひびきのなかに
浄土の音をきく

この澄み切った音色を奏でる「ひびき」と題する詩は、「長崎文学」昭和二十一年七月号に発表された。森が他界する一年ほど前のことで、肺患で病床に臥していたときのことである。祖母の死を思いながら、彼は明らかに「浄土の音」を聞いていたのだ。

死を前にして、これほどまでに透徹した詩を書けるものであろうか。私が、詩人森清秋に注目したのは、この「ひびき」一篇によってであった。たまたま購入した何冊かの「長崎文学」の中から、この詩を読み、みごとに澄み切った詩を書く詩人に激しく心魅かれたことを記憶する。

死

昭和十八年十一月二十三日から二十一年五月二十八日にいたる、森の『日記』が残されている。肺結核と判明した直後の『日記』昭和十八年十二月七日の項には、戦地に赴いた熊本正のことを思い、「熊本よ死ぬなかれ、きつと生きて帰つてきてくれ」と記し、「何だかけふは頻りに寂しい。熊本正よ、いま熊本が居ないことは悲しい」（同年四月二十七日）と記している。

以前、森の師的存在であった平亨爾は、「森清秋君は戦時中、長崎市中の警戒に引き出され、雨中の立哨で弱い体を悪化させた」（昭和五十三年二月五日、志村宛書簡）ということを教えてくれた。ここにも、ひとりの戦争犠牲者がいた。

『日記』には、時折、歌が記されている。

○若き日を思い出づればこし方は寂しきことの多かりしかな

○ひとりゆく死出の旅路のさびしさを思ひ出でつゝ寝てをりわれは

病気の苦悶とともに、戦争の傷跡も随所に見える。

○敵はマニラに侵入した。日本の前途を思はぬわけには行かぬ。

（昭和二十年一月八日）

そうした中で、長男正比古が誕生した。ただ一つの光明であった。

○九時二十分警戒発令。九時四十分空襲警報、十一時三十分解除。昨夜一時過ぎ長男生る。柿本の母（志村注・妻八枝子の母）来たりてその由を伝ふ。あゝ遂に父となる。ぜひ生きねばならぬと思ふ。

（昭和十九年十二月十九日）

○昨夜四時過ぎまで眠らず、長男の名を考ふる。『正比古』と云ふを心に決して眠る。

○昨夜から左腹痛はじまる。（中略）正比古よ、元気でゐるか、お父さんは死にたくないぞ、（中略）死にたくない。正比古よ。

（昭和十九年十二月二十三日）

しかし、『日記』も昭和二十年になると、「我々は生きるのだ。森一家は生きるのだ。誰も死んではならぬ」（一月十二日）と思いながらも、「成るやうにしか成らぬではないか」（二十年一月十二日）と言い、やがて、自分の運命を予知したような言葉を吐露し出す。

○自信がなくなつてゆく。今年はとも角来年あたりがわが運命の落着するときか。

（昭和二十年四月三日）

○なるようにしかならぬからあきらめて寝てゐれば良いのか、さうするより仕方ないとしても、何かしら悲しく苛《いら》だゝしい。眼の前に常にちらつくのは死である。

（昭和二十一年三月二十六日）

そして、「潮」と題する詩では、次のように歌う。

あばらぼねが
すつかりたかくなつてきた
だれに
なにもうつたえることはない
潮がひいてゆくやうに
ワシからいつさいがうしなはれてゆくとき
たつたひとつ
玉のやうなものがのこればよい

（「長崎文学」、昭和二十一年十月）

「病床詩篇」四篇の詩の一つである。「病床詩篇」は、みごとなまでに澄み切った心境が綴《つづ》られており、それだけにいっそう読む者の肺腑《はいふ》を激しくえぐる。蒲原春夫は、この「病床詩篇」について「神品に近い佳作」・「どこに出しても恥しからぬ作品」（「長崎文学」編集後記）と評し、今後の活躍に期待していた。

森は自分の運命を悟ったものか、わが子正比古のために自分の書いた詩を残すべく、その作業にとりかかった。それが死後に刊行された『糸瓜集』である。肺患が進んだ森にとって、残してゆかねばならないわが子のことがなによりも気掛かりであったに相違ない。死んでも死にきれない、という無念の思いがあったことだろう。

森清秋は、昭和二十二年九月二十七日に他界した。三十五年の短い生涯であった。蒲原は、「長崎詩壇に清秋の存在は明星の如きものであつた。否、九州に於ても屈指の詩人であつた」（森清秋の死、「長崎文学」、昭和二十二年十一月）と述べて、その死を悼んだが、これは真実の叫びであったろう。

長崎が生んだ詩人・森清秋の澄み切った詩の世界は、これからも読む者に比類のない悲しさと優しさを与え続けて行くことだろう。

蟬（遺稿）

片方の耳が聴こえなくなつた
もういつぽうの耳で
じやごろうぜみの鳴くのをきいてゐる

みどりしたゝる夏の樹蔭で
やがてあいつも死ぬだらう
おれも死ぬ
いつさいの生きて死ぬものたちが
この世に汗くさくも充満しながら
じやごろうぜみのように鳴いて暮してゐるのである

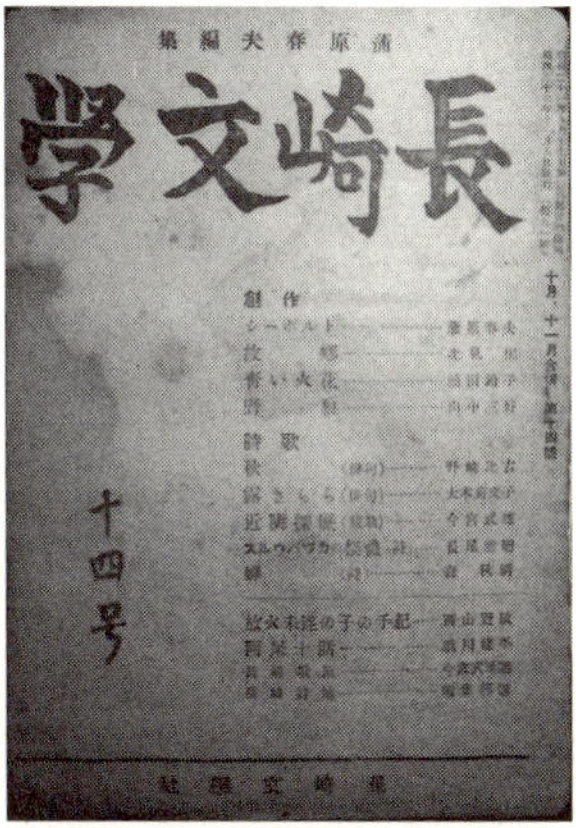

森の絶筆「蟬」掲載の「長崎文学」

片方の耳がつぶれた
この夏も
あいかはらずそうぞうしい
おれのもういっぽうの耳には
しかし
じやごろうぜみの声さへ閑かだ

森の詩集『糸瓜集』

長崎銅座町の殿様

永見徳太郎

大正三年春、長崎

もうかなり昔のことである。作家の伊藤整から「長崎の諏訪荘に泊りました」という葉書をいただいたことがある。伊藤は、そのころ私が、長崎の実業家で文化人でもあった永見徳太郎《ながみとくたろう》について調べていることを知っていたからである。伊藤はそのころ、『文壇史』を書いていて、大正期の文人に強い関心をもっていた。諏訪荘とは、永見ゆかりの建物である。

永見徳太郎（幼名、良一。夏汀《かてい》と号す）は、明治二十三年八月五日、長崎市銅座町に生まれた。永見家は、江戸時代から続いた御用商人で、そこの当主は代々、徳太郎を名乗った。明治四十四年、小笠原金吾の娘ぎん（当時十七歳）と結婚。徳太郎は、若いときから絵画や文筆の方面に多才ぶりを発揮し、大正元年に『夏汀画集』、同六年、『印度旅日記』を刊行している。

永見徳太郎の戯曲集
『阿蘭陀の花』

永見は、大正三年四月に雑誌「長崎文藝」（長崎・宮本書店発行）を発刊した。私の蔵している「長崎文藝」は、第二号からの三冊であるが、一冊平均一三〇頁くらいの堂々たる雑誌である。

長崎研究・随筆・韻文などが掲載されていて、「花柳欄」が設けられているのが、いかにも当時の長崎を感じさせるものがある。永見は夏汀の雅号で、「東錦絵」と題するエッセイを連載し、帝国劇場のこと、画家小絲源太郎《こいとげんたろう》のことなどを書いている。第二号には長崎出身の広津柳浪《ひろつりゅうろう》が「みさを」、第三号には生田葵山《いくたきざん》が「故郷の錦」という短編小説を寄稿しているのが注目される。原田種夫《はらだたねお》は、『西日本文壇史』（文画堂、昭和三十三年）の中で、「花ひらいた南蛮文学の刺激であったのか、このころあらわれて四号でつぶれた長崎文芸というのがあった。同人には、中村三郎、平野翠葉、藤川北魯、林源吉（双樹園）などがいた」と記している。

大正三年春、このような文芸雑誌がすでに発行されていたことは驚嘆に価する。これは永見の文化に対する強い姿勢を示すものでもある。

歌川龍平（蒲原春夫）は、

永見さんは、銅座町の傘鉾や踊を一手に受持っていた富豪の家に生れ、長崎商業に通うころから夏汀と号し、洋画や句作に創作に、芸術家らしい才能のひらめきを見せていました。そうした好みが、十八銀行の重役として貿易商として長崎実業界に重きをなした後も、文人墨客との交遊となり、長崎を訪れる芸術家のすべてが永見氏のお世話になる有様でありました。永見さんが、銅座の奉納踊のために白浪五人女を脚色したのも有名な話であります。白浪五人女は明治末ごろの作品で、白浪五人男からヒントを得て、稲佐山のお雪、風頭山のおたか、彦山のお月、愛宕山のお杉、金比羅山のお松などを登場させた郷土色ゆたかなお芝居であります。

（『長崎郷土物語』、長崎民友新聞社、昭和二十七年）

と伝えている。「長崎商業」とあるのは、大阪商業学校の誤りかと思われるが、この文章は永見徳太郎の風貌の一端を伝えている。

文壇の世話人的存在

　永見は、後に東京に転出するのだが、長崎にいたころ、永見のもとに多くの文化人が訪れている。斎藤茂吉・河東碧梧桐《かわひがしへきごとう》・前田青邨《まえだせいそん》・石井柏亭《いしいはくてい》・小絲源太郎・南薫造《みなみくんぞう》・近藤浩《こんどうこう》一路《いちろ》・長野草風《ながのそうふう》・山村耕花《やまむらこうか》・徳富猪一郎《とくとみいいちろう》・高浜虚子・吉屋信子・谷崎潤一郎・芥川龍之介・菊池寛・竹久夢二などである。当時、東京の文壇人のあいだには、「長崎へ行ったら、永見のところへ行け」というようなことが言われていたらしい。

　永見と文壇関係者との交流を少し詳細に述べれば、大正八年八月には、竹久夢二が永見のもとに滞在し、同十年冬には、夢二から有名な「長崎十二景」と「女十題」を贈られている。これは、おそらく長崎で世話になったことに対する謝礼の意味であったろう。

　そして、大正九年には歌人の吉井勇、十年八月には久米正雄・宇野浩二・佐佐木茂索《ささきもさく》・直木三十五・加能作次郎《かのうさくじろう》・里見弴《さとみとん》が来ており、十一年には長与善郎《ながよよしろう》が来て、永見から名作『青銅の基督』のヒントを提供されている。『青銅の基督』は、南蛮鋳物師萩原祐佐《はぎわらいさ》の冤罪《えんざい》をテーマとした、日本近代文学史の中でも特筆すべきキリシタン文学の秀作である。

前列右から永見徳太郎、武藤長蔵（長崎高商教授）、大泉黒石、古賀十二郎、永見ぎん、後ろはオランダの船長（永見邸にて）

一枚の写真がある。前列右から腕組みをした永見徳太郎、武藤長蔵（長崎高商教授）・大泉黒石・古賀十二郎・永見夫人ぎん、後列左はオランダ人船長、中央の少女は永見の長女と思われるが判然としない。家の様子から見て、銅座町の永見徳太郎邸であろうか。古賀十二郎は、近年、なかにし礼の『長崎ぶらぶら節』で小説化されたが、長崎学の大家であった。黒石は、大正十一年三月にも長崎を訪れているが、この写真が撮影されたのは、たぶん大正十二年二月のことであろう。

大正十二年一月、福岡の古賀光二が雑誌「駄々」を発刊した。「駄々」とは、ダダイストのことで、その二月号の裏表紙に、ダダ講演会の予告があり、弁士として辻潤・高橋新吉・大泉黒石の名前があった（原田種夫『西日本文壇史』)。辻潤の『絶望の書』には、黒石が大山白石の名前で登場し、ダダ講演会のこと、黒石の後を追って自分も長崎へ行ったことなどが、ユーモアたっぷりに記されている。結局、この講演会に黒石も新吉も来ず、黒石は家族連れのために、福岡を素通りして長崎へ向かったという。そのころ、福田清人は福岡の高校生であった。辻潤から講演会の切符を直接売り付けられ、ビールを飲みながら話す辻の姿に仰天したという。辻の『絶望の書』には、永見が「銅座のN氏」として登場し、同じく辻の『陀々羅行脚』には、古賀十二郎が「K氏」として登場する。写真には辻潤が写っていないけれど、おそらくこの写真は、大泉黒石や辻潤が長崎を訪れたときのものと思われる。

芥川龍之介

永見は、多くの文壇人との交流を持ったが、特に芥川との交流は有名で、永見徳太郎の存在は、文人芥川に少なからず影響を与えたと思われる。永見と芥川とが知り合ったのは漫画家近藤浩一路の紹介で、大正八年五月、芥川が菊池寛と共に長崎へ遊んだときである。

芥川にとって、初めての長崎旅行は大変に楽しいものであったらしく、自分の家に宛てた絵葉書で、「長崎へ来た、永見さんの厄介になつた、長崎はよい所にて、甚感服す、支那趣味と西洋趣味と雑居してゐる所殊に妙なり異人支那人多勢ゐる」と書き送っている。

同行した菊池は、この旅が二人にとって記念すべき旅行で、「この旅行前にも芥川はキリシタン物を書いてゐたが、この旅行に依つて、さらにこの方面の興味が加つたやうに思ふ」（『半自叙伝』）と述べている。事実、芥川は、長崎旅行以前にもキリシタン物を書いていたが、この旅行以後、キリシタン物の執筆が増えているのである。

その後、芥川は、大正十一年四月二十五日から五月三十日まで長崎に再遊している。このときの芥川は、一日に一食は永見の家で食事をするという状態で、「永見家は殆小生の

芥川龍之介の墓

宿の如し」（五月二十四日附、芥川道章宛書簡）というありさまであった。芸妓杉本わかのために河童屏風を書いたのも、長崎再遊のおりのことである。

長崎滞在中、芥川は、

Mr. Nagami. まん中から分けた髪、金縁の眼鏡（フチなし）。口髭。**Sinlich** な **mouth, audacious eyes,** 豊な顋及頬。青髭。（『手帖』）

と永見の容貌をメモしたりしている。

永見は、長崎の骨董美術品の蒐集《しゅうしゅう》家《か》としても有名であったが、芥川は『長崎日録』に、

竹田、逸雲、梧門、鉄翁、熊斐、仙崖等の日本画家、江稼圃、沈南蘋、宋紫石、胡公寿等の支那画家を観る。（中略）夏汀、又、鉄翁の硯を蔵す、もと竹田の贈る所。（中略）僕大いに欲しがれども、夏汀更に譲る気なし。

と書いている。芥川の欲しがった硯は、のちに永見から贈られることになったというのだが、この『長崎日録』を見ても、永見の骨董蒐集ぶりがうかがえるというものである。

ところで、長崎再遊のとき、芥川はマリヤ観音を入手した。このあたりのことは、永見

の「印象の深い芥川氏」（随筆、昭和二年九月）に詳しいが、マリヤ観音をテーマとして、芥川は、小説「黒衣聖母」（文章倶楽部、大正九年五月）を書いた。この作品の主人公で新潟の素封家「稲見」というのは、長崎を新潟と変えて永見をモデルとしたものであったという。

モデルといえば、やはりキリシタン文学である「おぎん」（中央公論、大正十一年九月）は、永見の妻ぎん子の名前に因んだものであるという。芥川は、ぎん子に向かって「あなたを善人のモデルに使ひますよ」（印象の深い芥川氏）と語っていたそうである。作中のおぎんは、亡父母の堕《お》ちている「いんへるの」へ自分も堕ちようとキリシタンの教えを棄てるけなげな女人に造形されている。

ところで、永見は、著書『南蛮長崎草』（春陽堂、大正十五年）の中で、

浦上の信仰力は恐ろしくも強いものであつたが、或百姓が臨終の時、神を祈り乍ら、涙声に、自分は神の尊さを知つて信奉したが、父や母は天主を知らずに死んだその罪を許し給へと唱へつつ瞑目した者もあつた。

と記している。この話などは、長崎地方の民話や伝説にしばしば見かける話であろうが、推測をたくましくすれば、芥川は、あるいは永見からこのような話を聞いて、「父母の罪を許し給へ」と言って瞑目するのではなく、「いんへるの」に堕ちている父母のために棄教するかたちに表現したのかもしれない。『南蛮長崎草』は、永見の南蛮長崎文化研究の集大成ともいうべき名著であるが、今日、もっと活用されてよい研究随筆とえる。

大正十年五月、「サンデー毎日」に発表された芥川の「長崎小品」は、永見の家を舞台とした戯曲形式の小品である。

――異国関係資料が陳列されている薄暗い硝子戸棚の中で、司馬江漢《しばこうかん》筆の蘭人が、阿蘭陀出来《しゅったい》の皿に描かれている美女に恋をした。恋に苦しむ蘭人のために麻利耶《まりや》が中に入ったけれど、阿蘭陀の美女は、日本出来や支那出来の物は虫が好かないと述べ、麻利耶に対しても、

「第一あなたさへ平戸あたりの田舎生れではありませんか」

と述べたてる。そこに家の主人が、数人の客と来て、客の一人が、

「この江漢の蘭人は面白い」

と述べ、他の一人が南蛮出来の女を見て、「阿蘭陀出来の皿の女より余程美人」と語る。さらに、「一体日本出来の南蛮物には西洋出来の物にない、独特な味がありますね」と言う。

客の一人　さうです。其処から今日の文明も生まれて来た。将来はもつと偉大なものが生まれるでせう。

客の他の一人　この蘭人や南蛮女も以て又瞑すべしですか。——おや！

主人　どうしたのですか?。

客の他の一人　何だかあの基督が笑つたやうな気がしたのです。

客の一人　わたしは麻利耶観音が笑つたやうに見えた。

主人　気のせいでせう。

こうしたやりとりが綴られているコント風の作品である。いかにも芥川らしい作品といえる。これは、後に永見が戯曲集『阿蘭陀の花』（四紅社、大正十四年）を上梓するときに、

「序に換ふる小品」と題して巻頭に置かれたものである。この小品は永見の戯曲集の序文として書かれたものであったのだが、芥川が「サンデー毎日」から頼まれていた原稿が書けないために、戯曲集刊行に先立って発表されたものであった。永見は、「長崎小品の中の主人公は私がモデルで、客の一人は芥川氏自身であった」（長崎に於ける芥川氏、文藝春秋、昭和二年十月）と述べ、芥川自身も「長崎小品の中の家（中略）は長崎の金持ち永見徳太郎君の家であります小生は長崎滞在中よく永見君の所へ遊びに行きましたあの小品も永見君の家の二階で書いたのです」（大正十一年六月六日、真野友二郎宛書簡）と記している。

永見は、『阿蘭陀の花』の他に、同じく戯曲集として『愛染草』（表現社、大正十三年）・『月下の砂漠』（人と藝術社、大正十三年）などを出し、小説集として『恋の勇者』（表現社、大正十三年）がある。いずれも、完成した作品とは言いがたい面があるけれど、「島原乱の一挿話」（『愛染草』所収）や「人骨」（『阿蘭陀の花』所収）・「紅毛恋慕の曲」（『阿蘭陀の花』所収）のように長崎を舞台とする作品が収録されていて、やはり永見徳太郎が長崎の文化人であったことを思わせる。

長崎と永見徳太郎

私の手元に、永見の書いた葉書がある。東京神田の古書即売展で購入したものである。その葉書は、昭和九年の四月に、オール女性社の編輯部が「あなたは銀座でどんな思ひ出をおもちですか」という問いを出したのに対して回答をしたものである。永見は、

> 女性、酒、ショーウインド、モーダン人、江戸趣味……全くうんざりするほど記憶があり過て、一口や二口では言へませぬ

と記している。いかにも永見らしい回答である。むろん、これはアンケートの回答にすぎず、あえて取り立てる必要もないのだが、銀座とは別に、永見にとってなんといっても、〈長崎〉は忘れることのできない土地であった。

永見は、大正の末年に東京転居を考えた。ゴム園経営に失敗し、昭和六年には神戸の池《いけ》長孟《ながはじめ》に所蔵の美術品を五万円で売ったという。話が前後するが、大正十四年の冬、永見が芥川に東京転出の話をしたとき、芥川は、「長崎を引払ふのなら、早やく(ママ)決行する方が

よい、君が来ると賑やかになるだらう」と述べている（永見「芥川龍之介氏と河童」）。

こうして、大正十五年、永見は東京に転出した。上京後の永見は、雑誌「クラク」などに長崎を背景とした小説を二、三発表したものの、ほとんどは南蛮美術関係の随筆である。「郷土風景」昭和八年六月号には、「六月の長崎」というエッセイを書いている。

皐月を過ぎて水無月を迎へると、もう長崎の大空には、夏らしい濃い瑠璃色に油を含んだやうにさへ眺められる。そうした街々を取りかこんだ山々の頂きには銅版畫に見かける入道雲がムク〱と悠然たる姿をクツキリと現はしてゐる。

石畳の多い道、石橋の目立つ川、石段が眼につきやすい此開港場には、マドロスの白い服や人のカン〱帽子が、日一日とふへてくる。何処からともなくだるさうな売声が聞へてくる。

「金魚い、金魚い、……安か金魚。」

「心太《ところてん》ゐらんのー。」

朔日の朝早くには、長崎ツ児が浮き〱するシヤギリの囃しが、町の辻に湧くので、

「もうクンチも近よつたバイ。」と思はせられる。クンチとは、氏神の諏訪神社の祭礼のことで、シヤギリとはその奉納する町の傘鉾と踊りの行列をなす横笛と太鼓の音。

このような文章で始まるエッセイで、諏訪神社の祭り、ハタ揚げ、ペーロン、茂木の枇杷、鮪《しび》……こうしたことを書き綴っている。そこには、永見の強い望郷の情が感じられる。つまりは、「長崎を去ったあとの徳太郎は、終生、はげしい望郷のひとであった」（大谷利彦『長崎南蛮余情　永見徳太郎の生涯』、長崎文献社、昭和六十三年）といえる。

そして、「歴史公論」昭和十一年二月号に発表した「長崎絵畫の発達」は、南蛮絵や長崎画につい

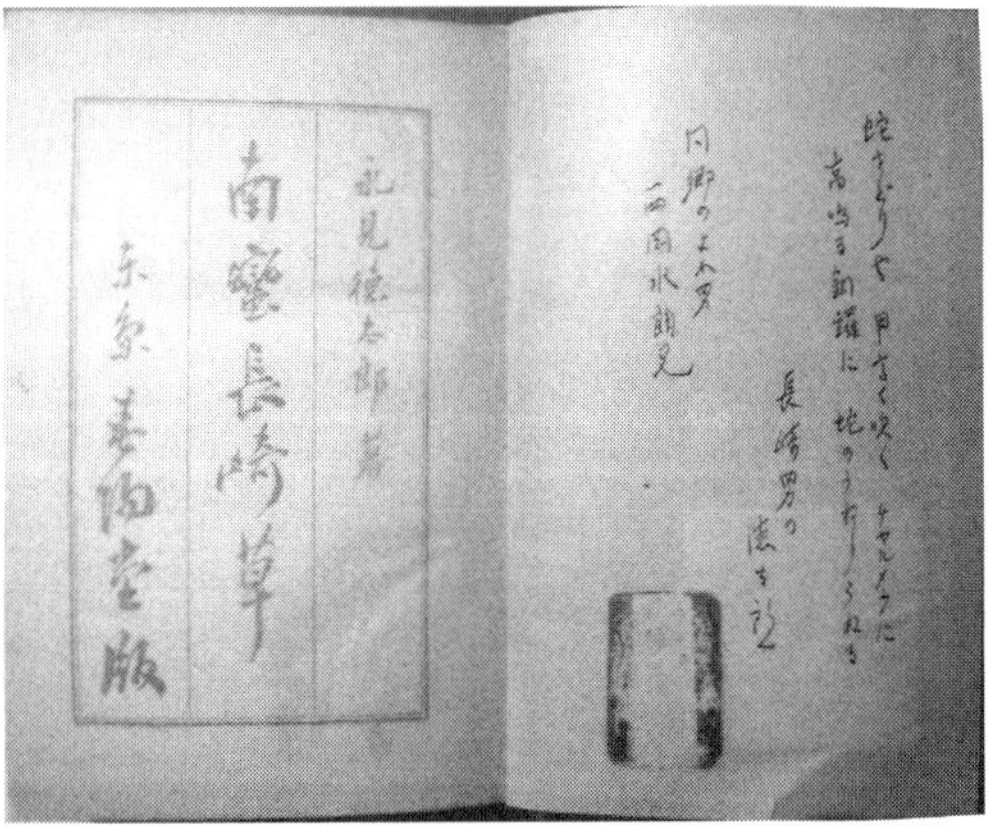

永見徳太郎の『南蛮長崎草』に見える西岡水朗への献辞

て明治期までの画人について概観した貴重なエッセイであるが、これなども永見の〈長崎〉に対する思いが根底にあると思う。

投身自殺

東京転居後の永見は、芥川の命日に行われた河童忌にはときおり出席していたらしいが、戦後は著しく没落した。熱海に転居してからは歌舞伎の写真撮影などをしていたらしい。池永孟に売却した美術品の代価もどのように使用したものかさだかではない。ついには、福田清人から聞いた話であるが、作詞家西岡水朗《にしおかすいろう》（長崎出身）に「五十銭貸してくれないか」と言うまでになったという。以前、本山桂川《もとやまけいせん》（民俗学者・長崎出身）から、晩年の永見が「死ぬならば相模湾に飛び込みたい」と語っていた、と聞いたことがある。

零落した永見を慰めていたのは、画家の鈴木信太郎であった。永見は、長崎の林源吉に鈴木と共に書いた葉書を出している。

コレハ熱海で永見さんに会ったヨコ顔です。一夜浪の音をききながらナガサキの話を

しました。信太郎
ながさき話のいろいろに浪の音が風情をそへています。今夜は鈴木さんとねるんです。
おらんだ万歳のゆめでもみますか。とく
（林源吉「夏汀追憶三題」）

この寄書きには、どことなく寂しそうな永見の心情が感じられる。

昭和二十五年十一月、永見が謎の出奔をし、下田沖に投身したという噂が流れた（歌川龍平『長崎郷土物語』）。永見は、行方不明となる直前に、湯河原に住んでいた劇作家の永田《ながた》衡吉《こうきち》を訪問している。しかし、そのとき、永見は、なぜか自分の住所を明らかにしなかったという。

永見は、前掲『南蛮長崎草』の他に、『画集南蛮屛風』（夏汀堂、昭和二年）・『南蛮美術集』（芸艸堂、昭和三年）・『南蛮屛風大成附南蛮屛風の研究』（巧藝社、昭和五年）などの著述を刊行している。南蛮美術の研究者として、大きな功績を残したといえる。

倉庫業・莫大な農地所有・ゴム園経営・ブラジル名誉領事・長崎市会議員・長崎商業会議所議員……、一方で創作・劇作・南蛮文化の研究を行なう。さらに、文人・画人との華やかな交流。そして、最後に投身自殺。永見の生涯は、まことに劇的であった。

永見徳太郎の墓は、長崎市寺町の長照寺にある。しかし、墓の中には一本の万年筆が入っているだけである。

ころり往生はわが願い　種田山頭火

出家

多くの人は放浪遍歴の世界に憧れる。決してそんなことはないのだが、なんとなく自由な世界ではないか、と思うからである。私が仏教説話を勉強する学徒になったのは、異界への興味とともに、多分に玄賓《げんぴん》・千観《せんかん》・平等《びょうどう》・一遍たちのような古代・中世の放浪僧に関心を抱いたからであった。若き日の空海も随分と放浪の世界に身をゆだねていたと思う。

放浪という言葉を書くたびに、私の知人のある大衆作家が、旅をしながら紀行文を書き、その土地々々の新聞社に立ち寄って原稿料を貰い、また旅を続けていたのを思い出す。そうした生き方を見て、とうてい自分にはできることではないと思いながら、一種、羨望《せんぼう》とも憧憬ともつかぬ感情を抱いたことを記憶する。

俳人種田山頭火《たねださんとうか》（本名、正一）の俳句や日記を読み、その仏教の投影と共に、放浪の世界に身を置き続けた姿を羨《うらや》ましく思い、また、ああまで自分を捨てきることができたら……と、いつも悲しく思ってきた。

山頭火は、明治十五年十二月三日、山口県佐波郡西佐波令村（防府市）に生まれた。地主であった竹次郎の長男である。明治二十五年、山頭火が十一歳のとき、大事件が起こった。母が自宅の井戸に飛び込んで自殺したのである。自殺の理由は竹次郎の放蕩である。この事件は、当然のことであるが、山頭火の心に重くのしかかった。山頭火が僧になったのは、母があのままでは成仏できないと思ったからだという。出家したのは、大正十四年（四十四歳）のことである。

俳句と出家

山頭火は、私立周陽学舎・山口中学・私立東京専門学校・早稲田大学文学科に入学した。だが、早稲田は一年半で退学して帰省した。退学の理由は神経衰弱のためというが、実家の経済上の逼迫《ひっぱく》が主たる理由であるともいわれている。

故郷に帰った山頭火は父と共に酒造業を経営し、明治四十二年八月、佐波郡和田村の佐藤光之輔の長女サキノと結婚した。そして、翌年には長男が誕生した。そうした一方で、山頭火は文学の世界へのめり込んでいった。山頭火は周陽学舎時代から同人雑誌を発刊したり、もともと文学には関心を抱いていた。明治四十四年には翻訳や俳句活動を行うようになった。俳人荻原井泉水《おぎはらせいせんすい》に師事したのは、大正二年のことである。

だが、大正五年に種田家が破産した。この頃から放浪が始まった。妻子と共に熊本へ行き額縁業を営んだり、次には妻子を熊本に置いて単身上京し、セメント試験場で働いたこともあった。サキノと離婚したのは大正九年のこと。やがて、大正十二年九月の関東大震災を契機として熊本に帰った。

仏門に入った直接の契機は、酒が原因であった。酒に酔った山頭火が路面電車の前に仁王立ちとなって、電車を急停車させた。横柄な山頭火の態度に乗客は激怒したが、新聞記者木庭某が山頭火の危機を救うため、腕を取って報恩寺へ連れていった。それからというもの、山頭火は座禅・読経三昧の生活を送るようになる。むろん、前述したように、出家の背景には母の異常な死が心に重くのしかかっていたのも事実であろう。

行乞流転の旅

山頭火は昭和七年、第一句集『鉢の子』を出し、翌年に第二句集『草木塔』を刊行する。以下、『山行水行』『雑草風景』『柿の葉』『孤寒』『鴉』と句集を出して行く。それらを読んでゆくと、当然のことだが、仏教の投影をいたるところに見ることができる。『草木塔』の冒頭には「若うして死をいそぎたまへる母上の霊前に本書を供へまつる」という献辞があり、最初に、

松はみな枝垂れて南無観世音

の句が掲載されている。読んで思わず頭が下がりそうな良い句である。この句は大正十四年二月に出家して、肥後の味取《みとり》観音堂守となったときの作品という。

大正十五年四月、山頭火は「解くすべもない惑ひを背負うて、行乞《ぎょうこつ》流転の旅」（『草木

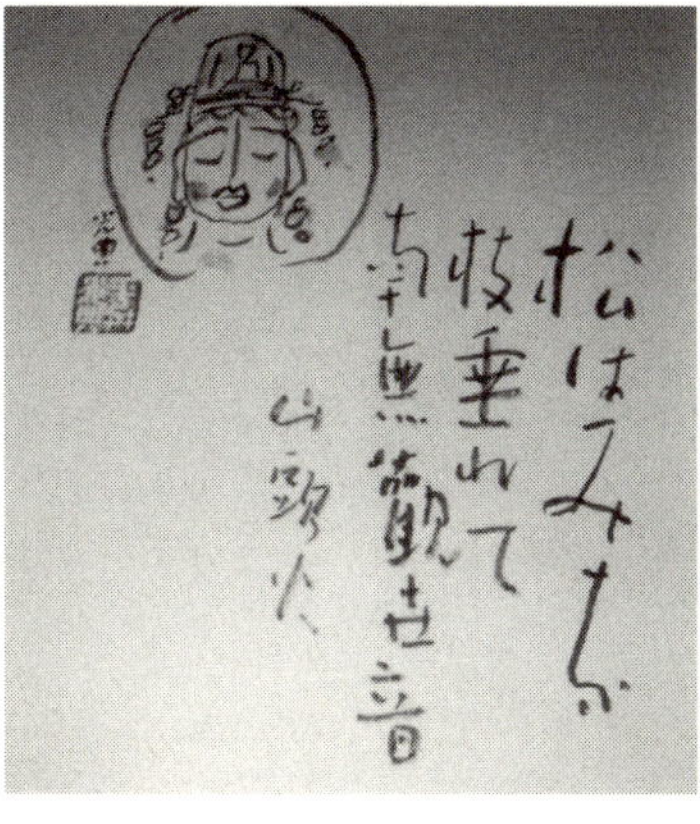

松はみな枝垂れて南無観世音
平井光典・志村有弘
『絵本山頭火』（叢文社）より

塔』）に出た。その行乞流転の旅の中で、

分け入つても分け入つても青い山

炎天をいただいて乞ひ歩く

と詠じる。深い山の中を歩き続ける山頭火。炎天下を行乞する山頭火。その昔、鴨長明は『方丈記』の中で方丈（四畳半〜六畳）の草庵生活がまことに楽しいと述べながら、たまま都に出たときは、おのれが「乞匃《こつがい》」（乞食《こつじき》）となったことを恥じる、と述べた。「乞」も「匃」も、求めるの意。だが、出家の身であれば、行乞は修行の一つ。本当はなにも恥じる必要はない。

山頭火はひたすら歩き続けた。

木の葉散る歩きつめる

と言い、「昭和二年三年、或は山陽道、或は山陰道、或は四国九州をあてもなくさまよふ」と書き、

踏みわけて萩よすすきよ

　この旅、果《はて》もない旅のつくつくぼうし

という句を詠んでいる。「踏みわけて」というのは萩やすすきの生えている野や山を踏み分けての意味であり、「果もない」というところに、放浪者種田山頭火の姿が克明に描き出されている。あるときは、

　百舌鳥《もず》鳴いて身の捨てどころなし

　どうしようもないわたしが歩いてゐる

と、自嘲の句を詠む。鋭い自己凝視の句である。山頭火の放浪は「身の捨てどころ」を求めての放浪であった。しかし、「身の捨てどころ」がない以上、「どうしようもないわたし」は歩き続けねばならないのである。

死を凝視する

　山頭火は「生《しょう》を明らめ死を明らむるは仏家一大事の因縁なり」という『修証義《しゅしょうぎ》』の冒頭文を引いて、

生死の中の雪ふりしきる

という句を示していた。見事な句である。さらには、

生きの身のいのちかなしく月澄みわたる

と、生きの身の悲しさを歌い上げる。

山頭火の放浪は、仏教でいう遊行《ゆぎょう》と自分の旅心とが交錯したものであった。とはいうものの、彼は放浪癖と酒に溺れる自分をどうにも制御できなかった。昭和六年十二月から五カ月間、福岡・佐賀・長崎などの地を行乞した。日記『行乞記《ぎょうこつき》』昭和六年十二月卅一日の項には、「自嘲」と題して、

うしろ姿のしぐれてゆくか

の名句が記されている。どうであれ、自分は仏に仕える行者の姿をしている。しかし、実際は酒浸《びた》りの日々を送っている。そうした自分を見つめたとき、自ずと「自嘲」という言葉が浮かんでくる。苦い思いを噛みしめながら、雨の中を歩み続ける自分の姿を凝視しているのである。

山頭火は、自分の俳句の中に「しぐる」という言葉をしばしば用いている。また、

こころさびしくひとりまた火を焚《た》く
ぼろ売つて酒買うてさみしくもあるか
やっぱり一人はさみしい枯草

という句に見るように「さびし」「さみし」という語もよく使用している。孤独に耐えながら旅を続けるのである。

生死の中の雪ふりしきる
平井光典・志村有弘
『絵本山頭火』（叢文社）より

うしろ姿のしぐれてゆくか
平井光典・志村有弘
『絵本山頭火』（叢文社）より

ころり往生

人間である以上、誰しも死と対峙《たいじ》しなければならない。人間の一生は、いかに死ぬかということとの戦いともいえる。山頭火も〈死〉の恐怖を考えないわけではなかった。考えないどころか、〈死〉を考え続けていたとさえいえる。『行乞記』昭和七年四月六日の項には、

死！　死を考へると、どきりとせずにはゐられない、生をあきらめ死をあきらめてゐないからだ、ほんたうの安心が出来てゐないからだ、何のための出離ぞ、何のための行脚ぞ！　あゝ！

と記している。当然、山頭火の俳句には〈死〉に対する心情がいたるところに示されている。

死ねない手がふる鈴をふる
なかなか死ねない彼岸花さく
死をひしひしと水のうまさかな

こうした句があり、

おちついて死ねさうな草枯るる

の句には「死ぬることは生れることよりもむつかしいと、老来しみじみ感じないではゐられない」という感想を付している。また、

おちついて死ねさうな草萌ゆる

と似た句も詠じている。ともあれ、草が枯れても、萌え出ても〈死〉を凝視しているのである。ところで、山頭火は句集『銃後』の巻頭に、

天われを殺さずして
詩を作らしむ
われ生きて
詩を作らむ
われみづからの
まことなる詩を

と記している。山頭火の澄み切った心境を感じさせる詩である。ここには山頭火の比類なき詩心と芸術に対する熾烈な情熱を感じ取ることができる。

放浪に放浪を重ね、己が身のやりきれない悲しさを歌い続けた山頭火は、昭和十五年十月十一日、脳溢血で倒れ、翌日この世を去った。その死にざまは、山頭火が日ごろ言っていた、まさに、ころり往生であった。

のたれ死にでもよいではないか　藤澤清造

不幸な才能

私は藤澤清造《ふじさわせいぞう》の名前を聞くたびに榊山潤《さかきやまじゅん》のことを思い出す。昭和四十五年、榊山は『馬込文士村』という文壇回想記を東都書房から上梓した。当時、私は、芥川と交流した作家たちの調査をしていた。その一人に藤澤清造がいた。榊山は『馬込文士村』の中で藤澤の唯一の長編小説『根津権現裏』（日本図書出版株式会社、大正十一年）に触れて、

たぶん多くの読者は、この小説を半分も読まずに投げ出すだろう。惨苦と不潔ばかりのこんな人生に、我慢してお附合いをする義理はないからである。だが、藤沢はそういう人生、自分でもやり切れない人生に焦点をあて、それを再現しようとしたのだ。読者が途中で投げ出すのは、藤沢の再現様式が的確であったからで、これは成功といえる。が、そういう成功は飯の種にはならない。逆に飯の種から遠ざかるようなもの

藤澤清造の長編小説『根津権現裏』

である。小説家の才能にも、読者に歓迎される才能と、その反対の才能がある。残念ながら藤沢は、歓迎されない才能を持った、不運な作家のひとりであった。」と述べている。榊山は、藤澤がときおり十枚くらいの雑文を榊山が勤めていた新聞社に持ち込んできたこと、三上於菟吉に金を借りようとして四日四晩待合につきあわされて、結局、金を貸してもらえなかった話などを伝えている。

榊山は藤澤の『根津権現裏』を読んだうえで、藤澤は読者から歓迎されない不幸な才能を持った作家であったと述べているのである。藤澤は『根津権現裏』第十五章で、

私の過去二十四年間は、貧苦と病苦とに織りなされた上を、血と涙で塗りかためられてゐた。だから私には教育らしい教育を与へられてゐなかつた。（中略）私には貧しき者が当然負はなければならない猜疑、嫉妬のみが、多分に加へられてゐた。

恐らくは今後も、それがいやが上にも加へられて

藤澤清造

行くことだらう。そして、そこから生れる不義不徳の為に、終ひに私は肉を割かれ骨を刻まれて、果敢なくなつて行かねばならないかも知れない。

と記されている。『根津権現裏』は五十九章から成る藤澤唯一の長編小説である。「私」の友人の岡田は、宮部のところで雑誌「二葉」の編集や翻訳をしている。岡田は生活の貧しさと、宮部が「二葉」の会費を使い込みしている事実を白井に告げたことから、自責の念に耐えられず、脳病院で縊死した。「私」も岡田と同じく、不治の病ともいうべき痛む足を抱えて、その日その日を何とか生きている生活不能者である。これが『根津権現裏』の梗概である。

藤澤は根津権現の裏に住んでいた。そこを舞台に大正期の生活不能者を克明に描いている。『根津権現裏』は大正十一年に刊行されたあと、大正十五年に聚芳閣から再刊されている。再刊するときは、初め芥川龍之介に新潮社に推薦してもらったがうまく行かず、聚芳閣に自分で持ち込んだらしい。大正十一年刊の本には検閲による伏字があり、作品自体も秀作とは言い難いものがある。大正十五年刊の本は一層伏字が多くなっている。

　ともあれ、執《しゅう》ねく繰り返される「私」と岡田の対話もくだくだしい。岡田の兄は弟に自殺の隙を与えた病院に責任を取らせて金を出させようとし、宮部は心理学を専攻しながら人の心に疎く、石崎は金持ちである。こうした人々の中で「私」と岡田は苦悩する。作品全体に底流する思想は「彼は飽くまで自殺したのではなく、正しく彼は貧乏の手にかかつて敢へなくも殺されていつたのだ」（五十五章）というようなことである。「彼」とは岡田である。貧しさに対する「私」の呪いが全編をおおっており、読む者にやりきれない気持ちを起こさせる。これが榊山の言う「たぶん多くの読者は、この小説を半分も読まずに投げ出すだろう」という評言となるわけである。

やりきれない人生

　山下武は『忘れられた作家・忘れられた本』（松籟社、昭和六十二年）で、『根津権現裏』について「筋からいえば貧しい岡田が発狂して脳病院の便所で縊死するまでの経緯を綴ったものにすぎないが、それをこの作者独特の息苦しいまでの筆緻で描いたところに藤沢文学の面目があるというべきだろう」と述べている。その通りである。この粗筋だけを聞くと、多くの人は『根津権現裏』を読んでみたいと思うに違いない。

しかし読み出すと、榊山が言うように「半分も読まずに投げ出す」ことになるのである。私が国会図書館で『根津権現裏』を初めて読んだとき、誰が書いたものかはわからないが、作品の末尾に、「人生のどん底で貧と病のためうめいて居る作者のいたましい姿がまざ〳〵と目に浮んでくるやうだ」と鉛筆で記されていた。これも『根津権現裏』に対する読後評である。

藤澤の作品は概して金と病気のはざまで苦悩する人物を描いている。藤澤が初めて得た原稿料は、大正十二年七月号の「新潮」に発表した「一夜」で、そのすべてを下宿屋の支払いにあてたという（「一枚二円五十銭―私の得た最初の原稿料―」、文章倶樂部、大正十四年一月）。その「一夜」も悲惨な内容の作品である。

「一夜」の主人公は胃腸が悪く、名のある医者に診てもらいたいが、まとまった金が入るあてもない。極貧の中に生きる人間のどうにもならない状況を綴っている。

大正十三年六月、「文藝春秋」に発表した「ウヰスキーの味」の主人公貞次は、自動車とか花見とか若くて綺麗な子などという言葉を聞くと、たまらなく「さびしくなってきた」と言い、いっそ「昨年の秋口にあつたやうな大地震でもやってきてくれればいい」と思ったりしている。

今東光の『東光金蘭帖』（中央公論社、昭和三十四年）によれば、藤澤は吉原の馴染みの妓のところに泊まっていたとき、関東大震災にあい、その妓を連れて上野の山へ逃れたという。吉原の瓢簞池では何百人という女郎が溺死体となって浮かんだ。藤澤はその妓と野宿をしながら、何十万人という罹災《りさい》者と共に数日を過ごした。そのあと、藤澤は大震災の体験記を「改造」など十種以上の雑誌社から依頼されて書いたという。それで再び関東大震災が来ないかという表現になったわけである。

終焉

「セルパン」昭和六年六月号に、藤澤は「清造句抄」と題して、

そぞろ故山恋しく
故郷に飛ぶ思ひ夕雲雀をば見てあれば
　黄梅やや萎みけり
朝曇り黄梅もやや萎みけり
　うしろは眼赤不動
椿咲くやうしろは眼赤不動なり
　竹を植ゑし日に
竹植ゑて雨待つかや風を待つかや

という句を掲載している。小説世界からうかがえる藤澤とは違い、静謐《せいひつ》さを感じるもののどこか疲れきったような様子がうかがえる。それからおよそ半年が過ぎたころ、藤澤はこの世を去った。昭和七年一月二十九日、芝公園の一隅で半ば餓死同様な形で凍死した。その遺体が藤澤であるとは分からず、行路行者の行き倒れとして荼毘《だび》にふされた。そのあとで藤澤であることが判明したのである。

久保田萬太郎は「讀賣新聞」昭和七年二月三日、六日、七日と三日にわたって「藤澤清造君の死」と題する追悼文を書いた。そこで、久保田は藤澤が貧乏と戦いながら、世間の義理はきちんと果たしていたことを述べ、「かれの最後のすがたからどこまでも目をそむけたいのである。このごろでの、悲しい、なさけない、みじめすぎるほどみじめな出来事である」と慨嘆する。尾崎士郎は、『人生讀本』（学藝社、昭和十二年）で「僕は藤澤君の死は文学に殉じた美しい死に方であると思つた」と激賞する。

藤澤清造という人は、多くの作家たちから、その人柄を好まれていた。芥川から「へんな芸術至上主義者」と称されたのはともかくとして、宇野浩二が『芥川龍之介』の中で、「芥川より年上で、不遇作家で、ずつと本郷の根津あたりに住んでゐたが、不遇でありながら、人に頭をさげない人であつた」「芸術一途な男」

藤澤が凍死した芝公園

「いい人であった」と記し、菊池寛は『文藝當座帳』（改造社、大正十五年）で「金を借りられても決して不快にならぬ男。グウタラの如くにしてしかも一閃の潔癖を有す」と記している。それぞれの作家が藤澤の人柄を是《ぜ》としていることに気がつく。そして、芥川の「へんな芸術至上主義者」というのも別に批判しているわけではない。藤澤清造という人は、不思議な魅力を持った人物であったらしい。

藤澤が死去したとき、ほとんどの雑誌が追悼号を出すことはなかった。ただ、「文藝サロン」昭和七年四月号が藤澤の追悼号を組んでいる。そこには島東吉・金児杜鵑花《かねことけんか》・三谷昭の追悼文が掲載されている。「文藝サロン」は「十銭雑誌」と銘打っているように、ザラ紙の小冊子である。しかし、それは窮死した藤澤にいかにも似つかわしい感じがする。三島は「藤澤清造氏と私」と題して、金児の「俳句月刊」六月号に「泣けよ一茶」を寄稿していることを記し、「既に死を予覚してゐる絶筆をさへ金児氏に残してゐる」と述べている。

藤澤の葬儀は、二月十八日午後一時から芝公園の源興院で、徳田秋声・久保田萬太郎・

三上於菟吉・室生《むろう》犀星《さいせい》・鈴木氏享《うじみつ》・廣川松五郎が総代となって告別式が行われた。「文藝サロン」の追悼号には、

一茶を憶ふ　清造
何んのその
とうて死ぬ身の
一踊り

の絶筆が掲載されている。「とうて」は「どうで」と訓《よ》む。金児はこの絶筆を俳句月刊社の飾り窓に掲げたという。この「何のそのどうて死ぬ身の一踊り」の句は、藤澤清造の人生哲学を端的に示したものであった。

藤澤が他界したあと、何人かの作家や研究者が藤澤を題材として小説や評論を書き上げている。小説では今東光《こんとうこう》の「青春無頼―近代戯作者の死―」（小説宝石、昭和四十八年五月）や西村賢太の『どうで死ぬ身の一踊り』（講談社、平成十八年）がある。

今の作品は藤澤の特異な人間像に視点を置いた傑作で、西村の作品は「藤澤清造と云う

唯一の憧憬にすがって生きる男」（跋）という観点から綴った私小説である。評論では塚本康彦の『ロマン的作家論』（武蔵野書房、平成八年）収録の「藤沢清造―人と作品―」が面白く、広範囲な立場から清造とその文学を考察しており、特に清造の人間像が活写されている。

石川近代文学全集5に、加能作次郎・戸部新十郎と合冊の形であるが『根津権現裏』（抄）他三篇が収録されている他に評伝・解説・年譜があり、『藤澤清造貧困小説集』（亀鳴屋、平成十三年）も短編収録の他に粕井均の「藤澤清造同時代評・ゴシップ細見」、小幡英典撮影の「清造がいた場所」、詳細な年譜も収録されてい

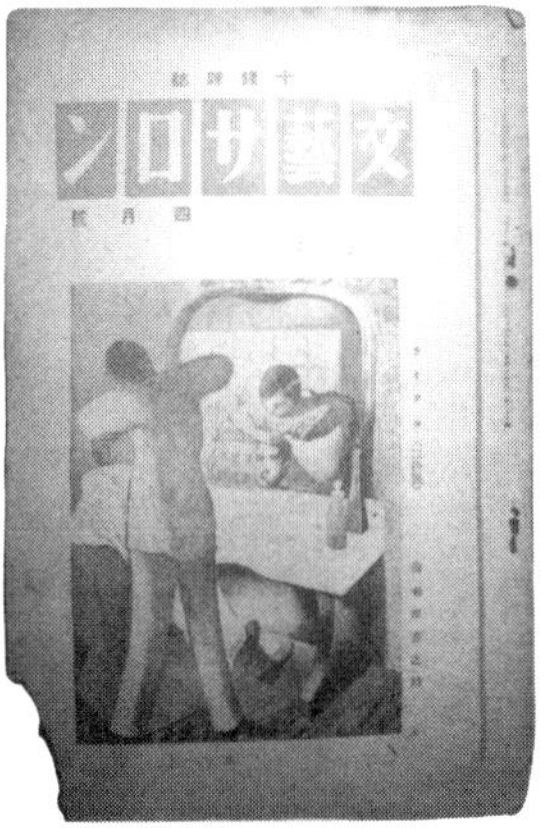

「文藝サロン」藤澤清造追悼号

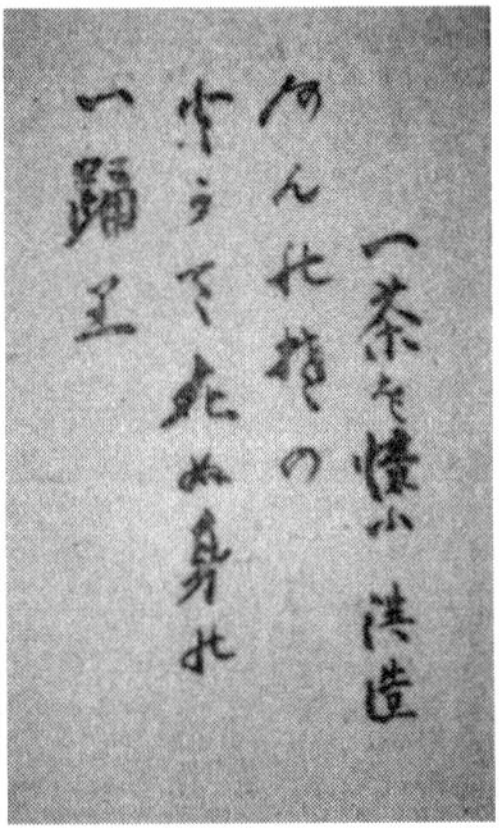

藤澤清造の絶筆
（「文藝サロン」追悼号より）

て、藤澤研究に大変便利な書となっている。

余談であるが、私は小著『芥川龍之介周辺の作家』（笠間書院）の中に芥川との交流を軸とした藤澤論のようなものを収録した。そののち、私は榊山との雑談のおり、臆面もなく「私の書いた本で藤澤も浮かばれたのではないですかね」と述べた。すると榊山は苦笑しながら、「俺の書いたものでとっくに浮かばれているよ」と吐き捨てるように言った。そうなのである。榊山は名著『馬込文士村』だけでなく、『馬込文士村』を上梓したころ、「讀賣新聞」紙上にも藤澤のことを書いていたのである。私の頭の中には、この失言が苦い思い出となっていつまでも残っている。

一度くらいウソをつかせろよ　松原敏夫

「話さなかった話」

「作家・松原敏夫」といわれても、文学世界に身を置いていた人ならともかく、おそらく文学と無縁の人は、誰も知らないのではあるまいか。そういう私自身、「松原敏夫という作家はどんな作品を書いたのか」と聞かれると、「はて……」ととまどってしまう。それくらい、松原敏夫はジャーナリズムの世界とはおよそ無縁の世界に身を置き続けた人であった。

昭和五十六年八月中旬のことであった。その日、私は所用があって千葉へ出かけた。家に帰った直後に電話が鳴った。松原敏夫であった。

『ふらて』を送ったが、読んだか」

と言う。「ふらて」というのは、松原が出している個人雑誌である。私は、

「今、帰ったばかりで、郵便物は見ていない」

と応えると、

「ぜひ読んでくれ」

と言う。

その時、私は「明日読むことにする」と返事をしたのだが、なぜか気になり、「ふらて」第三十号（昭和五十六年八月一日発行）を開いてみた。

同誌は巻頭の「ぼける」の他に「話さなかった話」と「階段散歩」の三篇を収めていた。「話さなかった話」は、子供の頃の「私」が主人公で、次のようなストーリーであった。

父は病弱であった「私」を城崎温泉に連れて行った。城崎温泉で入浴中に、父は見知らぬ人から話しかけられていた。その人は、「あなたは、友人の×××によく似ていらっしゃるから、つい声をおかけしてしまいました」と父に言っている。「私」には「×××」が「ナゴヤ」と聞こえた。「私」があの人は誰かと聞くと、父は、「××という東京の人じゃ」と応えた。「私」には「××」が「曽我」と聞こえた。翌日、「私」は曽我さんと風呂で会い、曽我の宿泊している旅館に連れてゆかれ、菓子を馳走になった。その翌日か翌々日、「私」は父の用事で煙草を買いに行った。町中を流れている川に人だかりをしていた。

人々の視線が川岸にそそがれている。よく見ると、石垣に大きなどぶ鼠が前足でつかまっている。なおよく見ると、どうしたのか鼠にはくしが横刺しになっていた。見ている人々の中には石を投げ付けるものもあった。石は鼠にあたらなかったが、近くの水に落ちてドブンドブンと音を立てた。その度に鼠は石垣の隙にもぐり込もうとするのだが、くしが邪魔になって目的が果たせなかった。私も足もとに落ちていた小石を拾って面白半分に投げて見たりしたが、ふと気が付くと、見ている人々の中に曽我さんが居た。曽我さんはじっと鼠に視線を凝らしていたので私の存在には気が付かぬようだったが、私は黙ってその場を去った。

それから歳月が流れ、「私」は小説家志望の青年になった。やがて菊池寛の文章から志賀直哉の「城の崎にて」を読んでみて、作中の鼠の串刺しの場を読んでハッとした。あの「曽我」さんとは「志賀」さんなのではないかと思う。さらに、下宿の机の上に飾って置いた長与善郎の写真を下宿のおかみさんが「お若い時のお父さんやおまへんか」というのを聞いて、十年前に志賀さんが父に向かって

「あなたは友人の×××に似ていらっしゃる」と言った「×××」とは、志賀と同じく「白樺派」の作家長与善郎であったのだと思いいたる。それからさらに歳月が流れ、「私」は志賀さんを玉川電車の中で二度見かけたけれど、ついに知らぬ顔をしてしまった。

私は、松原の「話さなかった話」を読み、いたく感動した。大変な作品だと思った。すぐに松原に電話をした。

「松原さん、大変な経験をしていたのですね。これからは、志賀の「城の崎にて」を論じる時は、絶対にこの作品を読まなくてはなりません」

しかし、その時、松原は受け流すような感じで、

「ああ、そうですか」

と応えただけであった。

大泉灝（左）と松原敏夫

個人雑誌「ふらて」

私が松原と知り合ったのは、「ふらて」を送られてきたことによる。私は以前、「讀賣新聞」西部本社版に「西日本作家論」を連載したことがあり、その時、鹿児島出身の古木鐵《こきてつ》太郎《たろう》の文学と生涯にふれたことがあった。そうしたことから、古木と親しかった松原は、古木夫人から「雑誌を志村に送るように」と言われたらしいのだ。

「ふらて」は、大体二十から五十頁くらいの、タイプ印刷の小冊子であった。内容は、ほとんどがデパートの中で言葉を交わした人の話とか、自分の身辺に取材したものばかりであった。しかし、どの作品も清澄で、見事なくらいに老愁が美しく漂っていた。松原とは、日比谷の松本楼で開かれた中谷孝雄・浅野晃のお祝いの会に一緒に出席したこともあった。その会場には文芸評論家谷崎昭男（『花のなごり　先師保田與重郎』の著者）が師事した保田與重郎《やすだよじゅうろう》をはじめとして、詩人の林富士馬《はやしふじま》、国文学者紅野敏郎、古木夫人、檀一雄夫人などが出席していたことを記憶する。

話が前後するが、昭和五十四年、私は、北海道の詩人加藤愛夫《かとうあいお》や歌人鬼川太刀雄《きかわたちお》（北海道深川市生まれ）らと同人雑誌の発行を考えていた。私はこの同人誌に松原を誘った。松原は、『ふらて』は出してかまわないのか」などと、素朴な疑問を述べたりしたが、とにかく同人として参加してくれた。松原は、この同人誌「文人」に小説を書きながら、一方で、年に四、五回「ふらて」を発行し続けていた。

「ふらて」に書く松原の作品は、清澄な老愁とは別に、人生のやりきれない寂しさ・悲しさを感じることがあった。どの作品であったか、「自分は生きてきて、一度としてよかったと思ったことはなかった」などという意味の文章もあった。ところが、「毎日新聞」昭和五十五年八月二十六日（土）の夕刊の「変化球」の欄で、「文学老年」と題し、「初老なる人（おそらく書いた人は保昌正夫であろう、と思う）が、松原の小説集『梅寒し』を褒め、「人知れず書きつづけている松原敏夫のような文学老年におくられる賞もあっていいのではないか」と書いた。この時だけは、松原が電話で「生きていて良かった」と吐露していたのを記憶する。

尾崎一雄

昭和五十五年、松原は「ふらて」を刷っている印刷所に頼んで、初めての短編集『梅寒し』を刊行した。これが、「毎日新聞」の「変化球」で褒められたものである。表題となった「梅寒し」は、「Oさん」から「君は、本を出す気持ちはないのかね」と電話で言われ、電話を切った後に「Oさんは私の本の発行をあっせんしてくれる気ではなかったろうか」と思って、やがて、Oさんの住んでいる下曽我まで訪ねて行くのだが、結局期待していた出版社の話は出ずに「みじめな気持」で帰途に着くというストーリーである。途中で寄った焼鳥屋の酒に酔い、よろける「私」の姿が読む者に言いようのない孤愁を感じさせる。「Oさん」とは、尾崎一雄のことである。

阿部昭が「文藝」昭和五十五年八月号の「言葉ありき十五、日本人の文章」で、『梅寒し』を取り上げた。そこでは「妻の死」・「梅寒し」などを紹介し、松原の作品は、「そのそっけないほど無飾の文章からくる感動は、われわれが好もうが好むまいが、拒否しがたい性質のものだ」と述べ、木山捷平《きやましょうへい》の口述『点滴日記』の最終回の文章を引いて、

「老いた、かつ無名の作家」松原氏の文章と同様に、これもまた、日本語でしか書けない、やがてもう書く人もいなくなるだろう、そんな日本人の文章である。

と結んでいた。晩年の松原は、自分の身辺に取材した作品を書きながら、文壇人のあれこれを書くことを極端に避ける傾向があった。

『梅寒し』を書いてから、尾崎さんの所へ行けなくなった」

と語ったこともあった。それでも、尾崎は、「梅雨のさなか」（連峰、昭和五十五年八月）で、松原の若い日の同人雑誌時代のこと、句集『ぬくめ酒』のこと、そして短編集『梅寒し』にふれて、
　彼の作風は彼なりに容喙を許さぬていのものになってゐる。うまい、下手は抜きでさうなってゐる。うまい、下手、を言へば、うまい方に属するが。私が彼に自費出版をすすめたのは、さういふ気持ちからだ。

と書き、同誌九月号の「本の紹介」では、「文藝」八月号で阿部昭が『梅寒し』で取り上げたので「ほッ」としたと述べ、「うまい、と思はせるほどのそっけなさ、無飾を身につ

けるのは、なまやさしいことではない」「松原敏夫の作に、もっと思想ふうな、また宗教ふうなところがからめば、正宗白鳥ふうになるだろう、などと考へる」とも記していた。

尾崎はここで「自費出版をすすめた」と述べているが、松原自身は自費出版とは思っていなかったらしい。尾崎が敢えて「自費出版をすすめた」と書いたのは、〈松原に勘違いされた〉あるいは〈あの時は軽い気持ちで言っただけなのだが……〉という意識が働いたからではあるまいか。

喧騒の中に

話がジグザグした形になった。ともあれ、私は、「話さなかった話」には、いたく感動した。「文人」の編集後記で、この作品を激賞することにした。その旨を松原に伝えておいた。ところが、九月十三日に松原から電話があり、「『話さなかった話』でトラブルが起こり、『文人』の後記ではふれないでおいてほしい、すべてほとぼりが覚めたらわけを話す」ということを伝えてきた。その時、私はすでに「話さなかった話」に触れた「編集後記」を書き上げていた。詳しい事情は分からないけれど、ともかく、その時は編集後記を書き直して活字にしたのだが、もとの原稿がまだ残っていたので、次に引いておく。
同人松原敏夫氏が、個人雑誌「ふらて」三十号を発行された。「ぼける」「話さなかった話」「階段散歩」の三篇を収録。「ぼける」は、現実と夢との交錯した、恐ろしいほどにとぎすまされた作品。「ぼける」どころか、これだけ冷静に書くことができれば見事。小田原在住のO氏（尾崎一雄）の登場も興味深い。「話さなかった話」は、志賀直哉と出会った話。志賀の「城の崎にて」でネズミに人々が石を投げつける場面がある。その人々の中に少年松原敏夫もいた話。情景が全く一致する。「城の崎にて」の描写は、ほぼそのまま事実を綴ったものらしい。志賀文学研究に大変な一石を投じる作品である。

「新潮」十月号（昭和五十六年）で、藤枝静男が「志賀直哉没後十年」と題し、松原の「話さなかった話」について触れた。その中で、藤枝は「城の崎にて」について「興味ある挿話」を知ったとして、冒頭から「話さなかった話」の内容を詳細に紹介している。

藤枝のエッセイを読んだ十月一日の夜、私は松原に電話をかけた。松原は初めて、「話さなかった話」は全くのフイクションであり、藤枝からは「人には、あれは事実を書いたものであると言ってほしい」と頼まれたこと、尾崎一雄に電話で「事実か」と聞かれ、尾崎には嘘は言えないから「フイクションだ」と答えた由、また、尾崎から「ああいう書き方は文学史的に人に嘘を教えることになる」と批判されたことを語った。

そのおりの松原の話では、「ふらて」三十号に「ぼける」以外に原稿がなかったため、志村に原稿を頼もうと思ったが、志村がそれを断ったため、以前に書いてあった「階段散歩」と「話さなかった話」を収録したということも話した。松原は、その夜の電話で、尾崎一雄が「黙っておれない」とまで言っていたから、「群像」あたりに尾崎が書いた後に、その内容によって所信表明をしたいとも語っていた。

私が松原から『ふらて』に原稿をくれないか」と言われたのを、断ったわけは、「ふらて」が二十九号まで松原一人の作品で続いてきたのに、私などの原稿を入れて、せっかくの〈歴史〉を壊したくないという思いがあったからである。

十月七日、松原から電話があった。「藤枝静男が「新潮」十一月号で訂正文を書き、阿部昭が「文芸」で褒めている、松原は「文人」で所信表明をする」とのことであった。「新潮」昭和五十六年十一月号で、藤枝は、「前号『志賀直哉没後十年』への訂正その他」と題して、その中で、

『新潮』十月号が出てしまって『十年展』の方が始まる三日ばかりまえに私は松原氏からこの告白のハガキをもらって吃驚仰天したが、もうどうすることもできなかったのである。

と述べた。また、阿部昭は「一期一会」（群像、昭和五十六年十一月）で、「話さなかった話」という「小品」が「私を釘づけに」したと述べ、次に作品の内容を記し、

必死の鼠を注視する、群衆の中の「城の崎にて」の作者を、ひそかに見届けたもう一人の作者の目があったことは、志賀直哉は知る由もなかった。こういうこともあるのだと、私はいつか旅の通りすがりに眺めた城崎の夕景に思いを馳せながら、松原氏の一文を不思議な感動裡に読了した。

と絶賛した。激賞というのではないけれど、大河内昭爾が「同人雑誌評」（文學界、昭和五十六年十一月）で、「話さなかった話」について「いかにもこの人らしく今頃話題にする思い出し方が、話の内容共々面白い」と述べている。

十月三十一日、「東京新聞」夕刊の「大波小波」で「事実と小説」と題し、藤枝静男の思い込みについて風刺的に書いた文章が書かれた。そこには、

ところで「城の崎にて」が事実ありのままでなく、フィクションが入り、きわめて「構造的」（たとえば高橋英夫の論）な小説だというのは、最近の大方の見方です。どうも直哉の弟子と自認する人は、藤枝のようにまっ正直に、師の御託宣どおり「事実ありのまま」を信じている人が多いので驚きます。

彼の第二の思いこみも、そういった小説の読み方、フィクションを事実のありのままと思いこむ性癖から来ています。何も驚き落胆することはなく、松原という人のフィクションの才能に、感心し、大喜びすべきなのでした。

と記されていた。この記事のことを知った松原は、「娘さんが新聞販売店を三軒回ってよ

うやく入手した」と伝えてきた。

尾崎一雄は「思ひ込み・早とちり—藤枝静男君のこと—」（文學界、昭和五十七年一月）で、「話さなかった話」で藤枝が「新潮」で書いたことから放ってはおけぬと考え、松原に電話をしたことを記したうえで、

『新潮』編集部のI君が「本多（秋五）さんは、『書いた人には罪は無く、藤枝の方が可笑しいのだ。小説なんだから』と言って居られました」と私に告げた。

私としては、松原君が他人の作品をああいふふうに利用した文章を書くことで、どんな種類の喜びを得てゐるのだらう、と訝かしくてならないのだ。

と書いた。尾崎はさらに末尾で、

「いやァ僕も全く疑はなかった」と阿川君が目を丸くしてゐた。

「としの功かね」と私はにやくした。

松原君がハガキを出したことが判ったので、改めて彼に問合せることもない、これで一件落着と思った。

とも書いている。「阿川君」とは阿川弘之、「ハガキ」とは松原が藤枝に「話さなかった話」はフィクションだと伝えたことを指す（実際はハガキではなく封書であったが）。

尾崎の書いたものに関連して、「東京新聞」昭和五十七年一月六日（夕刊）の「大波小波」は、「社会現象化」と題し、

志賀直哉が「城の崎にて」に書いている経験を、当時小学生で現地にいて見たという松原敏夫「話さなかった話」の軽率さを批判し、松原の話を本当と信じた藤枝静男の早とちりをたしなめている。松原がフィクションをでっちあげたことの底流に、志賀直哉ブームがあったことは否定できない。

と書いているが、これは正確な文章ではない。松原には「志賀直哉ブーム」など全く意識にはなかったし、第一「話さなかった話」が書かれたのは、志賀直哉展の開催よりもずっと以前のことだ。

矜持と抵抗

松原は、「文人」第四号（昭和五十七年二月）で、「話さなかった話」のこと」で、ある作品に触発されて、自分はフィクションを書かない私小説作家であるが、「私小説風なフィクション」を「一作位」自分も作ってみたいと思い、頭に浮かんだのが、「城の崎にて」であった、という。

だが、私としては初めてのフィクションなので、いろんな意味で気おくれがして直ぐ発表する気にはならず、ストックとして書棚の隅にしまっていたが、個人誌「ふらて」三十号を刊行するに際し、原稿が足らぬので取り出し、「話さなかった話」と題してこれを加えた。

発表してもし問合わせがあったら、当初は、フィクションである旨を答える積りでいたが、読んでくれた二三の知人友人が、ほんとにあったことと解しているのを知って私の気持は変った。私は真偽を、読む人の判断に委ねるという態度を取ることにし、それは作者に許されてよいことだと思った。私は気付かなかったが、折しも志賀直哉没後十年で、その記念展が開かれようとしていたせいもあってか、私の作品が藤枝静男氏の目に止まった。

こうして、藤枝は、「新潮」誌上に前掲のエッセイを書くことなるのだが、藤枝から志賀の記念展に誘われていた松原は、記念展が開催される三日前に、ついにたまりかねて藤枝に電話をしてフィクションである旨を告白した。藤枝は、電話口で当然、困惑の表情を示したが、松原の「こんなことがあった上で、十一日にお会いする気にとてもなれませんから」という言葉に、藤枝は「なあにそんなこと……僕たちはお互に年寄りですから」と笑ったというが、松原は、翌日、改めて藤枝にお詫びを封書（速達）で送った。

松原は、「「話さなかった話」のこと」の末尾で、

なお又、今になって思うのだが、「話さなかった話」のような作品には、フィクションである旨を附記すべきであった。そしてこの種の作品には、読者を欺くという道義的な問題が生じて来るが、このことについては改めて検討したいと思う。

と結んでいる。松原は、「話さなかった話」を書いたことは、決して悪いとは思っていな

い。「フィクションである旨」は附記すべきであったけれど、「道義的な問題」については「改めて検討したい」と言っているのだ。

松原は、『梅寒し』（ふらて社、昭和五十五年七月）・『老愁』（ふらて社、昭和五十七年五月）・『話さなかった話』（ふらて社、昭和六十一年三月）と三冊の短編集を出している。最後の『話さなかった話』は、ここで書いている志賀の「城の崎にて」を踏まえた作品である。松原は、この作品を自分の短編集の表題とし、しかも堂々と巻頭に収録したのである。これは、「話さなかった話」に対する、作者の自信と文学一筋に生きてきた人間の衿持であったろう。しかも、作品の末尾に、

附記　この短編は、こんなことがあったら面白いな、いやあっていい筈だという気持を柱に、あることとないことを組み合わせたフィクションである。

とも記している。「いやあっていい筈だ」と言い切る松原敏夫の心情は、痛いほどよく分かる。これはまた、松原の文壇に対する精一杯の抵抗でもあったろう。

孤愁

私は、やがて同人誌「文人」から身を退《ひ》いた。しかし、松原は、「ふらて」が出るたびに送ってくれた。松原には、そういう律義で几帳面なところがあった。頑固であったが、いい人であった。そして、夜の六時過ぎになると、しばしば「晩酌も食事も終わった。人が恋しくなって……」と電話をかけてきた。決して長電話ではなかったが、電話の向こうに、孤独に耐えている松原の姿を感じた。ある日、「つくづく生きるのが嫌になった」とつぶやいたこともあった。老愁を特に強く感じた日であったのだろうか。

松原敏夫は、明治三十八年十月に兵庫県出石郡出石町に生まれ、京都市立第二商業学校・中央大学経済科に学び、神田区役所や世田谷区役所に勤めた。若き日の松原は、昭和九年に光田文雄・山岸外史らと同人誌「散文」を発行し、また、「理論闘争と其目的―戦線小論―」(文藝戦線、昭和二年二月)・「今東光氏―「推論の途中」を読むで」(文藝戦線、昭和二年四月)・「初恋」(コギト、昭和十二年一月)・「天満宮」(コギト、昭和十四年三月)・「晩春」(コギト、昭和十五年四月)・「時鳥」(コギト、昭和十八年七月)といった評論・小説・エッセイを書いていた。

松原には、こうした過去の文学活動が公になることを極度に避ける傾向があったけれど、〈文学者松原敏夫〉の軌跡を考えるときには、やはり避けて通ることのできない歴史なのである。

松原敏夫は、昭和六十一年七月二十日に肺炎で他界した。通夜・葬儀（二十一日・二十二日）は世田谷の無量寺で行われたが、私は、遺影の前で合掌しながら、そして、雨の中の帰途、やはり思い出していたのは、「話さなかった話」のことであった。

最近、芥川龍之介が完全なフィクションの中で大活躍をする作品がいくつか出た。こうした作品の出現を見るとき、「話さなかった話」は一体何であったのか、果たしてあんなに大騒ぎするほどのことであったのか、と奇妙な気持ちになるのを否定できない。

「話さなかった話」のような、この種の作品の扱いは確かに難しい。考え方で議論が別れることであろう。尾崎一雄のように志賀の直系筋の人から見ると、あってはならない作品となるのだろうし、一方で「東京新聞」昭和五十六年十月三十一日号掲載「大波小波」

が書いたように松原のフィクションの才能に感心して「大喜び」すべきことでもあるのかも知れない。

結局、是か非かは、個人個人の考えに委ねるしかないのだろうが、私は、「話さなかった話」を書いたことで、一時期、喧騒の中に身を置かねばならなかった、松原敏夫の晩年の寂しげな風貌をときおり思い出している。

阿部昭は、『エッセーの楽しみ』（岩波書店、昭和六十二年）の中で、「「ふらての終焉」と題して、松原の思い出・通夜のこと・作品のことについて記したのちに、

九年前の短編「妻の死」は、藤枝静男氏や尾崎一雄氏も褒めたが、何の飾りも気どりもなく、読む者の心に迫った。その奥さんのお墓も、前記無量寺にあって、院家と親しい松原氏の散歩場所でもあったようである。いま遅ればせにこの小文を綴りながら、私が唯一痛恨事とするのは、松原敏夫の名が、志賀直哉の「城の崎にて」をネタにした作り話で物議をかもすことによってしか、近年の文壇に知られなかったことである。しかし、誰よりも作者自身を苦しめたにちがいないその一件は、もう不問に付

していいだろうと思う。

と述べた。松原に対する思いやりが滲み出ている文章である。しかし、私は「不問」という表現にいささか複雑な思いがするのを否定できない。ともあれ、松原敏夫は阿部のこの文章を読むことはできなかった。

私は、文学の原点は、同人雑誌にあると思っている。しかし、その同人雑誌も初めのうちは良いが、しだいに力関係が出てきたりして、なかなかむずかしくなってくる。結局は〈自分一人で出す個人雑誌が一番だ〉ということになってしまう。松原が個人雑誌「ふらて」を出し続けたのは、文学世界の人間関係のうとましさや孤独感をいやというほど知っていたからであろう。

松原は、晩年、私が誘った同人雑誌に参加するときも、「ふらて」を続けて良いのか、という問いを繰り返し聞いてきた。当然のことなのだが、松原には、そういうあたりまえのことを考える生真面目さと純真さがあった。私は、松原が出していた「ふらて」を途中からしか持ってはいない。「ふらて」は、カットもなければ、表紙に彩色もほどこされていない、まことに簡素な造りである。しかし、その簡素さの中に松原の信じた文学世界が滲み出ているように思われる。

生前の松原について、平林英子が、

「松原さんの作品は安心して読むことができる」

と語っていたのを思い出す。文章だけでなく、書く内容もしっかりとしているということなのだろう。この言葉を、私は松原に伝えないままで終わってしまった。

あとがき

新典社が新書判のシリーズを刊行するという。私にも「参加せよ」との伝達があり、何を書こうかとまよったあげく、このような内容となった。

取り上げた作家は、私の過去半生にさまざまな影響を与えた、換言すれば結果として私の人生の方向を示してくれた人たちである。むろん、大泉黒石・種田山頭火・永見徳太郎・藤澤清造・森清秋とは面識があるわけではない。しかし、私は彼等の生きざまやその文学を限りなく愛するものである。

山頭火の俳句を私は好む。その俳句は破格であるにもかかわらず、その人間凝視の深さは、ほとんど戦慄を覚えるほどである。他の文人たちは、そのおりおりの私に生きる指針、文学勉強の方向性を示してくれたと思う。「そのおりおり」とは、そのおりおり、私を調査することに没頭させてくれたという意味である。

小著を上梓するにあたり、新典社の松本輝茂社長、刊行にいたるまで直接の労を執って下さった編集部の岡元学実氏・小松由紀子氏に衷心より謝意を表したい。

二〇〇七年一月二十九日

志村有弘しるす

志村 有弘（しむら くにひろ）
日本文藝家協会会員・日本ペンクラブ会員・八洲学園大学客員教授（立教高校教諭・梅光女学院大学助教授・相模女子大学教授を経て）。北海道深川市生。伝承文学を専攻。著書に『芥川龍之介伝説』・『近代作家と古典』・『絵本山頭火』（絵は平井光典）・『陰陽師安倍晴明』・『神とものの け』、監修に『芥川龍之介大事典』、編纂に『怪奇伝奇時代小説選集』全15巻など。

新典社新書 4

のたれ死にでもよいではないか

2008年 4 月26日　初版発行

著者 ――― 志村有弘
発行者 ――― 松本輝茂
発行所 ――― 株式会社 新典社
〒101-0051　東京都千代田区神田神保町1-44-11
編集部：03-3233-8052　営業部：03-3233-8051
ＦＡＸ：03-3233-8053　振　替：00170-0-26932
http://www.shintensha.co.jp/　E-Mail:info@shintensha.co.jp
検印省略・不許複製
印刷所 ――― 恵友印刷 株式会社
製本所 ――― 有限会社 松村製本所
© Shimura Kunihiro 2008　Printed in Japan
ISBN 978-4-7879-6104-4　C0295

定価はカバーに表示してあります。
乱丁・落丁本は、お取り替えいたします。小社営業部宛に着払でお送りください。

新典社新書

毎月3〜5点刊行予定　定価840円〜1050円

◆大きな活字を使用して読みやすい◆
広く文化・文学に関するテーマを中心にした新レーベル

①光源氏と夕顔——身分違いの恋——　清水婦久子　著
ISBN 978-4-7879-6101-3　一六〇頁　一〇五〇円

②戦国時代の諏訪信仰——失われた感性・習俗——　笹本正治　著
ISBN 978-4-7879-6102-0　一六〇頁　一〇五〇円

③〈悪口〉の文学、文学者の〈悪口〉　井上泰至　著
ISBN 978-4-7879-6103-7　一二八頁　八四〇円

④のたれ死にでもよいではないか　志村有弘　著
ISBN 978-4-7879-6104-4　一二八頁　八四〇円

⑤源氏物語——語りのからくり——　鷲山茂雄　著
ISBN 978-4-7879-6105-1　一六〇頁　一〇五〇円

⑥天皇と女性霊力　諏訪春雄　著
ISBN 978-4-7879-6106-8　一二八頁　八四〇円

◆以降継続刊行◆

新典社新書特設サイト　http://www.shintensha.co.jp/event/